谢持日记未刊稿

第五册

◎谢持 著

广西师范大学出版社
GUANGXI NORMAL UNIVERSITY PRESS
·桂林·

目录

中華民國十四年九月廿八日由上海入京

廿八日晴 昨夜決定赴北京遊函達可亭
下午子超海濱振生理明元沖楚沖集議我家有頃
林煥廷亦至
晚十時離家鍾大人送我巷門外悱惻吾不堪風塵
為大女送我至車站夜寒無睡處
廿九日晴 車中頗熱僅著布汗衣 瀏覽王荊公詩印

光法師文　紅樓夢

三十日　朝晴入直隸界天会遇静海則似雨過至天津則路已泥濘曾經大雨也　車未至豐台雨可亭来接遂客其家　伯中真如聞我至皆来會　寄大女書

十月一日　姓購物分餽可亭仲琅靡南及幸愚女士

上午幸愚及孟南之女希哲来見

青陽來拔修狄山偕至道尹李董事

寄大女書并箋四幅　晚過歙州館

二日　姓中秋　訪青陽滬伯斯卿　明初來

夜又過斯卿所慮是也　聽大鼓有幼女不過十二

齡而唱二簧頗可聽也　過子厚見香草所子橋

三日　姓右任伯純來　游北海已開為公園矣氣象勝

中央公園萬倍　登白塔山而四望如坐畫圖中也

夏秋之間綠樹滿城宴乎雅矣

寄大女書附楚信上海協和張家口太穀開封

四日十七

晴星期 右任來談終所見不相遠也

午後聽戲見艷芬頗不自知其愉快也人

之深於情也曰如是乎中年且然々七性青

年之有知倒若矣

五日

晴 偕趙助夜宴聽之匿也

寄大女書言還家之計并促夫人治裝
賤伯琢斯卿真如　作致叔廉書未就

六日　十九　晴　黎明五時半起盥漱即赴西直門火車站八時車行
下午三時半抵張家口投宿廣仁棧福壽北街　車中
瀏覽王臨川詩紅樓夢
訪協和莊河東小圖書館遂赴飯館晚餐遇孔文軒鈺
陽生俞庭依周寓山曹亞伯井上謙吉沐波

七日 二十 姓風沙偕傅沐波觀新村觀圖書館而新村駐兵不得入圖書館則將閉相左亦不能入觀僕僕風塵十所如輒令人失意故知天下事皆誤於不知底裏此調查所以為事之要務也

協和契約緩乃誤於疲也我斯諒之

八日 姓遇俞應麓同蔡山遂過協和所商略有結果遂別遲京協和應麓蟄山皆送我車站

九日

風沙 車中遇方子樵（兆鼇）尹承紱 激 鍾秦 凱 世英 雷
殷 沐被俗行惕生亦同車返北京也
姓錦帆被扣留隨行衛隊繳械之傳聞言者多疑
為實事吾頗着急介石遇事不細察此舉儻亦中
敵之間歟可痛惜已 伯申念存未
周明九衍來訪之 慈大姨丈 孝英
戚植生楚僑諸人言協和所見 寄大女書

十日 陰 八月廿三日 姓游清故宮蓋闢作故宮博物院也游人
星期六 過衆所陳品物不能得覩我出乾清宮而東歷文
淵閣養性殿樂壽堂遂返游北海飲茶半月城
即般若香臺舊蹟也

十一日 姓得大女書勸我早寢吾女愛親之心油油然也真
星期日 如造事實以告吾女其動機略不善而不自知其
踰越範圍吾雖能自省吾過而真如亦太不學問

矣（吾入京時聽大鼓夜往則十一時必歸此非不肯
也真如未嘗沮勸我乃四日真如未怨我之很非也怨
作書告吾大女謂我每夜必聽大鼓輒十二時后然後
歸●屢勸不聽望速來書勸止云云）
訪珩鄉百城右任　明九來偕觀影戲

十二日　星期一　晴　游城南公園獨坐獨彈絃之默息六時可亭來
公園遂赴煤市街餡餅周喫羊肉　明九真如來
得大女書言將謀遷家

十三日八月廿六日 晴 客来 農聞第三子梓鴻結婚往賀之 勛伯斯路費叙州郡館 游城南公園遊藝大鼓 得海濱漢口書 得四月上海書已奉其太夫人柩次十節日安厝上海

雪壁以到上海 客吾家 又六年不見矣 其来实緣意者將訪其大白君崩表乎

十四日 晴 高漢香杞之母死弔之 入浴 赴新聞大学董事

會寄大女書　赴西車站迎子超　車遲踰時不至
遂返而睡時已十一點鐘後矣
十五日　晴　早偕子超遊海濱　遂訪真如李黃
陂太蕤楚傖文成介石精衛言錦帆事也
十六日　晴　得大女書　赴西山訪協和　明九臨川言事
十七日　晴　偕可亭赴車站而四勿不至　真如大與我牴牾
[illegible]
然雖近於謾過於戇直之真不可掩也我責難推

福賓亦過當故激而至此 聽大鼓 雷楚倌
十八日 晴 星期 舊九月朔日
未出門 上午作書 下午瀏覽峄山泰山石門諸
頌 晚覽紅樓夢
十九日 晴 集在北京中央委員之忠於黨者商黨事
二十日 晴 十六日北京女子師範大學約同志為該校董事
鄒明初來言我未及審而允之是日集商我難食

言遊前赴校中成立董事會決定今日之前董事各擔負百金之校費我則捉襟見肘矣量力而進我違斯訓也 晚過易盈成 訪芾煌

廿一日 晴 右任邀飲什剎海會賢堂登樓入座海光溶溶然豁心目也飲罷偕詠薰游北海公園可謂得幽賞之趣

廿二日 晴 芾煌朝來為我介紹京兆香河縣馬神廟人張竹秀林名策 教我太極拳拳術 秀林五十七歲廣平永

年縣楊鏡湖鑑之弟子也鏡湖先生之兄曰班侯鈺皆承庭訓以太極拳名於時然兄弟所傳之術不盡同也　子超海濱約午後三時集商於竹竿巷遇時而同志之集者累累也　四勿由海道入京今夕至我先与可亭臨川訪時誤事會於摩英還稍晏与四勿共話而寢則已午夜後矣

廿三日　姓　炎初台欽

廿四日 晴 下午赴翠花胡同八號略生氣遂覺不支聽大鼓硯芬之母使人不快卑賤之婦可惡不可情也 夜訪臨川不遇非是知時局之變化不易測矣

廿五日 晴 星期。上午赴翠花胡同談話會雖決定來日召集執行部中央委員會而事勢必有難者隨至大中公學 芾煌約飯其家 蔬菜精美食

之途量　夜子赴海濱未商

廿六日晴　早起訪石衡卿頗使我失望赴翠花胡同于樹德忽鎖大門語言無禮會遂未成而赴大中公學時則聞學生與警察鬥受創甚警察亦有死者因今日段政府關稅會議開會故也遂赴子超處商議遂分電滬部並俾宣布黨事值遇是日也吾等與共產黨分離之開始日也

晚偕子越海濱覓衎卿溥泉簽字文赴臨川

晚餐　聽大鼓

廿七日　晴　譯電　寄大女書　青陽來說明不簽字電報

廿八日　晴　孟碩名欽　青陽約赴陳三龍家聽大鼓書

尼初度日也過賓朴生

廿九日　晴　得三女書經十一日乃達　交通明閑大夫如饑渴

上七姐則經三日耳　訪樸生樸生著伯虎伯萬字

視燕庵病白莘同仁醫院　收太蘇錦簃宅寄之

三十日　晴　得太蘇電　修正海濱稿將以寄精衛

（陰九月十三日）人也　昨夜海濱來同与臨川談話

聽大鼓勃山明九偕　夜過四句

卅一日　晴　早起練拳客遂至　聽劉寶全大鼓洵得

未曾有也　得覺生開封函　寄三女書

十一月一日　晴　星期○　浴　可亭召飲食熊掌　訪泗泉及王

二日

治安近還萬宇
會豫省赴包頭借伯琨冬服
閻範身周明九來談 晚七時二十分偕行者子
超海濱同車者李仲三潼關人丁鵬九名搏霄直隸人搭京
綏路車北行

三日

雖車過平地泉十八台等處極寒地偏北而又最高
地亦山之最高處皆成平原雖有淺山不過波形之起

伏而已此所以高而不危也人之於世不當如此耶
夜九時氣色頗皓月當空黃塵匝地而車站距城
遠遂止宿車中
車經綏遠北城下磚為牆堞堅整如新砌若歸化城
蔽於民居不可見但望見雉樓歸綏在陰山之陽
平原沃壤今日柳色猶有綠若可以居也昔人以
漢北皆為畏途青塚之悲足以見之然青塚尚

在歸化城南之二十里許黑河北岸也
寄大女書包頭付郵

四日 晴 登高而望包頭則背山帶河氣象修潤交通四達未來之大市集也陰山西麓與烏拉山銜接而鎮市位置兩山之頭故名包頭鎮蒙人之舊稱也 上午八時許煥章督辦以車來迎遂往訪之督辦署在城東里許新築之茅茨也 煥章樸質

而過花池深与之言但見其贊歎而已不能得其意之
所在 赴黃河渡口觀河流步行而往頗憊策蹇
歸 劉子信湘人名家駒任包寧鐵路處工程
師而易寅村之弟子也使寅村命照料我等頗殷勤
夜烹黃河鯉食之甚美 還車月已東升望之慨
然成絕句一首 陰山盡處接黃河夜色空寒雁影
過胡越一家天上月中原爭戰近如何

五日 陰 早八時車東行還京 譚道林鎮使同車來周旋

六日 晴 晨九時到京 逕赴子超處 午后返可亭寓

七日

八日 星期

九日 陰 九月廿三日 得大女書

十日 晴 季陶理明元沖立盧楚僧到北京 晤談極快

十一日 晴 集商業事 飯硯芬切實指陳利害 俾之

自覺猶彼已迷途之尚遠也　夜九時又赴竹竿巷玄廬道出本黨工人運動失著之處透闢極矣返中國飯店晤硯芬硯芬已去遂止宿中國飯店徹。夜。不。成。寐。理欲之交戰也

十二日　姓與議院同人作主人者四人邀飲香滿園午後倦甚張用五唐午園来訪坐談聞救財賑去慢不可說也　晚赴竹竿巷　偕傅沐波購羊裘

得大女書 陰九月十八日發 言其母已不咳

十三日 晴 購衣料 下午一時赴香山宿香雲旅館 涸塵氛久矣 下榻於此 心境頓清矣 理明先生我与沐波後至縱談有頃 遂游山澤間 洵別有幽趣 不知其地乃近戰區也

十四日 晴 早起練拳頗有進境 子超 梅濱 季陶 玄廬 元沖 詠薰相偕至 午後游卧佛寺 相傳卧佛二皆

旃檀香所雕一唐貞觀時作一後人所作今僅存其一矣寺兩山夾峙別在西山中別開生面者也古松古柏夾道成蔭池水清幽梵語淨穆發令人低徊不欲去也

十五日　晴　稚驛来開第一次談話會　星期。

十六日　晴　陰。十月。朔日。　游見心齋蹕清靜宜園之建築僅存者於是始見之今已劃入慈幼院之範

園亭臺池榭松柏山水之趣極人間清境矣徠
峰松下其氣獨清遊此伴侶友蹇驢来迎集馳而
返有頃青陽来　開第二次談話會
晚返京晤稚暉石曾
十七日　晴　敬山来談　下午游天橋頃刻即去　四時赴碧
雲寺
十八日　晴　上午開談話會議定大綱　晚郵寄生費

十九日晴上午十一時頃多人来旅舍芸声殿季陶公侠鍾根石继璜浏阳人来香雲旅社立庭且扶之驰赴北京遂终日扰扰矣偕楚伧元沖返北京营救戴沈四時間戴沈已安全還香山我与楚伧又返西山季陶立庭言今日之事十八九皆真為壹若搞亂者不過十一遂決定不与計較矣

二十日 晴 戴沈葉郁皆還住北京 午后我應青陽之召還京与孟碩談話 孟碩為人及其見解殊使我失望也 寄大女書 戚伯純

廿一日 晴 竹竿巷談話會未成 訪稚暉

廿二日 晴 集會於商品陳列所午后赴香山

廿三日 晴 早八時半恭詣 總理靈前行開會禮 蓋救黨之機特舉行中央執行委員會

第四次全體會議也。議決撤消共產派在本黨黨籍；議決中央執行委員會將移上海；議決取消政治委員會；議決撤雇俄人鮑爾丁為雇問案。此其最要者。

廿四日 晴 在竹竿巷

廿五日 晴 在竹竿巷

廿六日　雉　我因崇事四事不能出京　與潔修女婚期無人照料不得已商之四弟請其還滬爲我照料一切四弟允我　在竹竿巷
廿七日　雉　在竹竿巷
廿八日　雉　作書教三女且慰之蓋我未南還三女必生無窮之感　下午四弟離京　夜四弟自津以電話

告平安　北京市民開國民大會

廿九日晴　陰十月十四日　續開國民大會　星期

三十日風晴　覺生昨日來京飯之竹竿巷飯後赴中央公園又赴安樂宿中國飯店畏衛風寒也

硯芬可憫而乃害之吾悵悵不能自遣殆緣

所夙之而竟見与吾意背馳之象也孩子何
幸而有斯境遇

十二月十一日　陰十月十六日　晴　大風
晚飯周明九家　餞大女　寄叔凝書

二日　晴　風息　談事竟日　黨中撤銷共產派在本黨
黨籍案今日公佈

三日　晴　議事　陰十月十八日　本生父生日纪念

四日　晴　議事　中央監察委員會開會決議除
精衛黨籍

五日　晴　得大女四勿電促我歸改訂三女婚期待
我也　夜以路阻歸期難定

前月道經歸化城北望昭君冢成絶句二首補錄
往此　歸化城邊草木黄　年年青冢伴斜陽

六日

七日

八日

美人底事遭摧殘不恨丹青恨漢皇旃裘雖復異明璫塞外宮中怨正長莫漫道人生真苦樂黑河流畔石蒼蒼吾意專制之君蹂躪女子乃有此劇蓋人生問題也

九日 晴 欲乘京漢車取道漢口還滬不果
十日 晴 未赴竹竿巷
十一日 晴 未赴竹竿巷 赴水心亭 伯中蓁颜来
十二日 晴 識後馮煥章電 得梅谷箋
十三日 陰 十月廿八日星期○ 悛協[illegible]和言錦帆事
十四日 晴 昨夜略坐則兩股作疼今早浴遂爽健矣
朋九頗重視硯芬事常来商我引為苦今日

特備之游天橋此殆佛氏所謂業我自造之之我自了之若耶
得大女十二日滬廿七日電告三女婚事十日成禮十一日歸寧我心頗安然一念未能遽淹亞料又悵悵也　滄伯子厚台飲皆赴之
十五日參非夜微霰　陳幼學滿五十歲祝之　本黨告國民書玄廬所草而付我審查遂令我捫筆

而身萎矣病未盡除也

十六日 晴 吾母林太夫人三週年忌日 棄小子輩三年矣 早起立中庭西面西南望家门及 本生父母墓道 汨没於人事而奔走衣食之不遑 有親不養 親死不葬果何為者哉 偕子超海濱 訪易堂烈武彥沖及魏懷芳 午後竹竿巷會議

十七日 晴 易堂来 遂赴竹竿巷 飯於宣南春 偕海濱訪

十八日　陰。十一月初三日。星期五。

張玉衡晚飯濟南春歌者果姬來姓王五孃非日來孟蘭之女希哲今日來始知五孃希哲皆聞叔臥病也聞病來視可感至矣議員張欽宣南春遂約伯中立三討論可亭進緝竊案事　明九一再促游天橋聽戲不得已赴之硯芬孩子不知愁然亦不堪失意也又過

美霞可谓昏〻終日

十九日晴 寄五弟暨田兒慶女書

二十日晴 張鳳九還自新蔡来訪可亭遇之臨川約赴周明九家談話遂午飯濟南春游天橋 伯申合飲宣南春赴之

廿一日晴 吾母華太夫人誕日紀念如不棄小子若則七十八壽矣早起整衣立中庭面西南思吾母在生容皃如拜

陰十一月初

六日 星期一

於吾母膝下若烏乎　竹竿巷會議

廿二日　晴　陰十一月初七日　冬至　訪吳君毅　臨川明九約會於城南　國民軍今日攻破李景林軍於北倉入天津　晚車夫邢二將我圍脚毛毯遺失大門外闕前石之正中發見炸彈相似之物〻用罐頭食品之鐵筒內儲黃色藥粉及碎玻璃封固鑲以鐵絲包紙數層外層為報紙內層紙上寫有

谢慧僧收四字紙外繫以繩如可提挈僕人胡斌拾之啓視并執之入我室詢我可亭處為非常亟命携去置於門外我乃報之警察始恫嚇我者之所為也今日可謂多事矣

廿三日 陰十一月初八 晴 吾母林太夫人誕日紀念如吾母不棄兒女而至今存者今日諸親必集祝一堂也古稀之慶竟不可得悲哉 赴竹竿巷會議

日

青陽玄廬出京送之京漢路車站遇潘孝侯劉宗濤張鳳九遂并送之

廿四日　陰十二月初九日　星期四

晴　吾父鏡湖府君忌日　府君棄不肖兄弟二十又七年矣茅屋不蔽風雨竹箪破被無褥無草薦病不得醫藥死之日舉家九口（吾父吾母吾兩弟吾女弟四及不肖共九人）用米三合和牛皮菜煮為粥〻乃如清水府君尚強起進兩碗粥飯

罷小子入城買藥入城後又因事遷延午後出耗至矣此不肖終身之痛慟不可逭之罪也府君死矣不能殮然不肖嘗時已生二十有三歲成人娶室抱子乃至不能養生我之父若母烏乎吾之子孫不可忘 先人之貧苦也

茅詠薰以其鄉人沈秉生同志名競見託

遂成太難聞封 得李陶成一

廿五日　晴　晚四勿到北京　三女婚事約多費千元本不應如此以近奢也四勿言臨時幸無不歡之事以足使我心安耳　得涂伯純牋

廿六日　晴　約許少琛偕往水大院相宅　午後赴中央公園游園會　晚鄰宇安召飲赴之

廿七日　晴　大風　得香草師牋十日上海發　竹竿巷特別會議　晚八時后還

廿八日 陰 十一月十三日 星期一 吾母華太夫人忌日
太夫人棄小子十又五周年矣 早起立中庭望
思無窮也 大女欣以救病為念 廿一日上海發
晴 奇寒 午後赴南長街南頭路東第一號
宅議登記事 北京執行部開始辦公

廿九日 晴 上香草師書 餞徐伯純

三十日 晴 大風 午後三時風止 遂出游 晚飲濟南春

赴犀英聽風雲唱子期聽琴之曲可謂絕唱矣

三十一日

姓除。日。也。十四年於是終矣陰十一月十六日

星期四 竹竿巷議事 晚浴吾將與歲月

同進而除舊布新也

元旦

中華民國十五年　陰曆丙寅年
陰十一月十七日星期五　晴早起練拳盥漱立中庭西望故園冥想　祖宗父母墓道又念兩弟及諸姪又念吾妻鍾夫人及兒女及孫兒女蓋十五年自今日始而吾一家之否塞亦自今日更新也　与可亭賀歲如儀十時詣北京執行部拜　中山總理遺像十

二日 晴 二時赴中央公園國會議員團拜於來今雨軒而言者龐並矣

三日 晴 可亭生日飲於中國飯店

星期 赴黨部遊藝戲 晚飲新華

四日 晴 得五女緘知吾妻頗感寂寞則非與大女同居將無以至居之矣 勃山與其妹五嫂過常德送之

五日 晴 党部會議 為曹利生学費函叔實託家高兄 偕大女去行期 晚赴羅伯琴約飲 行長婿以一聽大鼓為快 然移吾情於果娃而淡然於硯芬小孩 若人不長進 我固無如之何 雖然 我亦自覺過於放矣

六日 晴 星期三 陰十一月廿二日 党部会議 偕協和禹行 又為勒山之妹夫謝殿南郭

西泉事殷劉竹坡耽和笙以勃山故邀使我不敢自惜也由京漢車還滬擬先赴開封鄭州訪友晚十時開車鄉人好友送至車站車行別去曷克當此耶四勿可謂能盡照料之義也

可亭用五念存子光升庵李開侁董鴻謙陳楊宙康明九少珧鳳九晉賢盧

劉宗濤

許昂若

七日 晴 車行至遲 沿途頗見蕭條之象

八日 晴 上午八時到鄭州 遲十四小時 未游海灘寺半
里塔 銘功園 下午五時三十分乘洛汴車赴開封 晚
八時頃 下站已閉城門 遂止泰安客棧 在鄭州
遇豈甬道耿及方子樵陳惠全

九日 晴 游龍亭公園鐵塔 訪太夷 西峰 允丞 遂與梓

琴錫卿兄

十日 赴河南省党部午飲 西峰及河南各校聯合會教職聯合會夜飲於是知河南省教育及党務情形 午後微雪

十一日 雪 董賓國来遂訪張岳軍 觀河南圖書館古物保存所圖書館就二曾祠為之規模宏偉所儲魏隋唐墓碑數十方書籍若干櫥保存所則就孔子

廟啓聖殿後隙地新築者也古物則十三年新鄭縣掘出說者疑所掘為鄭桓公塚云
岳軍召飲又一邨黃河鯉最鮮而孟津以東至於豫境所產尤美蓋河底多沙也烹魚以開封言則又一邨第一 晚至羣賢旅館允丞處談話 午後聽李香君唱大鼓書

十二日陰 訪太蕤易堂羣士調解教育事黨事就詢

十三日（陰十一月廿九日）陰 後伯琅函 電理明言工業大學事又託海濱電寅村遂行 偕錫卿 車遲至下午四時換車頭後始向東開行 太雞季良林質閣同志也及王續備者署副官長惠廷嘯司令晉人來送省黨部市黨部各來代表一人送行 太雞有真性情而言頗不見諒於河南同志言之泣下

省市黨部同志商議之 晚得四勿北京電報

車行雪中四望一片灣地之冰水銀也是日霧
重季良歷車行之多艱特備篷車為我与海
濱專用而乘客之衆固有由鄭至徐坐度兩寒
宵於三等車箱者既擁擠矣重之飢寒女子孩
提令人怛惻兵禍之丑可想見矣

十四日 陰 下午大雨 晨車抵徐州白雪已溶周紹先
少韓 績溪人 傅道煥 有章 漢陽人 來車欵接蓋接

陰十一月
初一日

季良電報矣 又有李玉書 福州人 照料上津浦車
晚車在浦口雨不止立江邊待船渡江者約一時半宿
花園飯店
十五日陰 止蘇州 下關上車時遇可疑之人慮有他變故中
途止宿 入閶門出胥門循馬路還旅舍歷觀各街
繁徹之象蘇州盛時當不若是也
十六日晴 上午十二時抵上海二時返家家人大歡盛非夜闌

陰。十。二。月。初。三。日。

十七日

星。期。

吾。父。誕。祈。府。君。

吾婦乃不見至家皇皇如大女備尋旅舍又不得蹤跡也吾與海濱為避悲外嘱僕人以此上海告他人而吾家得聞之也　讀東璋仲姚兩妹文書　得楊吉甫書

陰　早訪叔凝　午後詣　香草師已出外

殷四勿北京　田兒之婦雯瑜率孫女念先孫男澀先至於綦江一家狂喜適五女聞吾還家亦自學校還侍吾妻尤喜不可支也　孫兒女身體

函廬

十八日陰

孱弱田兒婦出勁於兩孩而消瘦矣

訪張為乃具知俄人鮑洛廷果欲藉仲愷之死而捕報叔其誣我運動軍官學生已為其次之計畫

午後覺生元沖楚傖海濱及我談話

廣州果以永遠削除黨籍加諸我與海濱而對於其他同志委員則別為差等蓋計欲散吾人之聚也而孫哲生乃先動搖忸怩而之廣州甚矣任重之不

易也　午後一時集執行委員譚話

十九日晴　過叔凝脩諧　香草師處又不遇師

晚約叔凝便飯鐵橋來

示田兒并電告其婦到滬且沮田兒東下

二十日陰　分緘可亭銘九臨川　覆炳章妹倩燏其

持同昌榮分務所已得之千元為我儲作諸姪

求學之費　赴泰和董事會　訪莘友

廿一日

晚開中央黨部會議至十二時

星期四　陰　十二月初八日　大寒　約叔凝復生斗寅紹曾莘友鐵橋季陸在鐵橋家議四川黨事　叔凝與彫刻師李金髮訂約　中山先生銅像合同我與鐵橋為證　中央黨部開會至晚十一時昨今兩夜我因開會晏歸家人懸慮大女每於更深到黨部接我

廿二日 陰 燮卿窮不能給居宅賃金宅主控於官令曰燮卿為偵者所遇救方謀深發之用而不得引為深憂乃燮卿忽陷於此境惟[redacted]救又不能不為之設法不得已乞有民商之 深夜宋六孃來 燮之夫人

廿三日 陰 午前 叔凝來我向有民貸百五十金叔凝以路費百金貸五十金共成三百金保燮卿出捕房

廿 夜叔凝約商四川同盟紀念會事飯於美麗

館遂就談劉在方寓匯中旅社十一時別叔凝
還川矣夜深故未及送行悵然而返
廿四日 陰十二月十一日 星期
廿五日
廿六日 晤德安聖祥美涵薦仲執仕俊暨伯農甘
廿七日
廿八日 晤琢章請助叔與錫卿 晤仲執仕俊伯農
雪壁還重慶

廿九日　此數日中寄可亭漢聲德安公譜靜安諸友牋

三十日　陰風　訪宋阜南許汝為袁士權　士權遭父喪　夜謁香草師假五百金為鹽米之備

卅一日　陰微雪　昨今兩日忽寒　訪道腴子樵方覺慧　夜飲清瑞家　在方將之粵以茅台酒見遺　星期●　得勃山書　計日已離常德之京矣

陰十二月十九日

二月

一日　小雪　星期一。　晨叔擬季陶　午前開會再赴黨部查選舉事宜　生方赴粵

二日　得五弟書始知已別購陰地定期遷葬父與母也

三日　雪　電四弟五弟囑遷葬父母事應從緩辦理當此戰爭不息電報遲沮未審此電能求所定葬期前途阻否也所定葬期為夏正丙寅年正月十日當

陽曆二月廿二日）以堪輿家言之吾　父鏡湖府君吾母林太夫人所葬川豐坳墓地本不為佳然其地高燥可免水湿今吾弟新購之地終不免於水湿以其信堪輿家言而議遷而族兄炳揚之術又不如也

四日姓我生五十周歲矣至親知者皆來祝我何敢當我惟追思前失而恐懼耳　三女病足亦扶病歸寧而

拜於堂者又有兩孫私心未嘗不樂設吾父吾母
吾本生父母皆存若眼見孫曾之拜其親而祝五
十壽亦則樂且無既今顧何如四親不存而年
則半百尚若修名之不立也至若所遭尤窘於
昔幸皆砥礪自守不苟取與未至隕落差免貽
辱耳　滄十二月廿二日立春

五日一

六日
七日 陰 十二月廿五日星期
八日 晴 吾妻鍾夫人五十一周歲
九日 雨
十日 晴 夜特別會議於我家 玄廬於覺生海濱多徵詢決定我偕覺生赴湘 丰寅敬修返蜀我因會議不能送別悵悵然也

十一日　晴　陰　五弟仲琦說明緩遷葬之故

寄田兒書　覆其江津陰十五日來函　且屬匯百金給購墓地費用　田兒在綦江縣城南二十里蒲子場附近地名小灣買田業一畝計出穀六十石　吾爲我夫婦歸居之備　但何必綦江　未免不深思也　訪彭巨川

十二日　晴　星期五　陰曆乙丑年除歲　訪雪竹　徐伯璟

太蕤銘九　得四如書覆之并欣開封李撒軒
北京張譯泉　得伯琅偃師志言唐州書
晚如舊俗年飯羅宥氏偕三女来章柏如鼎大
姐亦来飲会爆竹聲為歡也

十三日会午後雨　星期六　夏正丙寅年元旦　上海居
人皆慶舊曆多年也　謁香草師過李訥
香草师偕竺君泗泉遂過吾家　与基顏奕三

弈而吾二負　牋志言文湘　牋真如

十四日　晴　赴黨部會議　致寬致海內外同志書

十五日　風微雪忽寒　牋叔凝如逵　清致海內外同志書稿
訪楚傖吳山　錫卿自漢口還滬來談　夜與蓀顏
對弈歸息已十二時矣　病後不宜也　得孟蘭之女希
哲北京函

十六日　陰奇寒　清稿　赴黨部　游湘當展期大約元宵左

右始藏之矣 得叔實可亭公諧書 公諧以我在北京救黨之舉為不可勸我改途易轍大非我志也其在粵言粵耶故作此語遯禍耶

後公諧書力謝之

十七日陰 陰初五日 馬超俊來

十八日雨晴 赴黨部會議

十九日陰小雨 晚叔實漢賡以我境之困告之而捏兩

千元貸款之議於漢岸 陵必極請其照料
叔實之副官蔡覺民路費而命德堪措債
昆生季詢左欽均赴之

二十日 会昨夜大雪晨起片白矣 規甫氏 陵可亭
晚錫卿青陽集南川省事蔡顏竹軒佐武鄭治安
漢傳燮鄉紹尊張希白趙某及我與焉所要約者自
今日始務求一致一心而已

廿一日 朝雅会 写黨之宣言 張子野来与商馮某事子野允即日作書遣馮

廿二日（陰初十日）。請香草师竺君季鸿仲通甫氏念存夜飲

廿三日 会 請後生季蔭鐵橋子遜青松甫氏鍾克容炳奎夜飲

廿四日 会 訪後生叙秋公孫長子啓友辯

廿五日 会 規甫氏甫氏乃謂不歸之故因三女言之瑣细也

廿六日 小雅 黨部卌次会議

廿七日 金 陰曆元宵 請甫氏晚餐不至 伯兆酒半宵發

廿八日 土 晴 巳午微雨即止 星期。晨叔凝銘德公武伯衍文湘

夜訪項守愚於川崖貿易公司 遂得甫氏行動之大概 吾女可謂遇人之不淑矣 然不能視為絕望 我則決告諸甫氏之父 晚偕海濱季陸崇基飯譚贊同志於都益處

日記
十五年三月四日始（丙寅正月二十日）
十五年十二月二十一日止（丙寅十一月二十七日）
中華民國十五
歲次丙
袖珍日
中華書局製

中華書局有限公司

營業要目

出版

教科圖書兒童讀物
各種新書精印古書
雜誌字典西文書報
碑帖書畫屏聯條幅

印刷

鉛印石印橡皮彩印
鋁版彩印三色銅版
照相銅版鋅版木版
彫刻鋼版聚珍做宋

發售

英美圖書中西文具
歐美儀器理化藥品
玩具樂器紙張墨料
中國筆墨簿籍箋扇

書(701)

中華民國十五年

陰曆歲次丙寅

袖珍日記

中華書局製

記事者

二月十九日【星期五】陰正月初七日【雨水 己卯】

二月二十日【星期六】陰正月初八日【庚辰】

27

25

二月廿一日【星期日】陰正月初九日【辛巳】

26

二月廿二日【星期一】陰正月初十日【壬午】

接伍修元电

昌又来电催往

六日夕二廿八即起程

到武汉

三月三日【星期三】阴正月十九日【辛卯】

至本日止以前之所历
记别一小册
将出门而未購新册
大女乃以此册付我足
見年来我以病故遂
忘事而不忽

三月四日【星期四】阴正月二十日【壬辰】

雨

留書甫氏所以規之者
切矣並戒其尊人足修
戒勃山弟德子光北京
江翁婿来遂假我百元
家人之憂稍釋
夜十時半別家人赴虹
口登船大女送我

三月五日【星期五】陰曆正月廿一日【癸巳】

陰夜雨
今晨四時舟發虹口泝
大江東上
由鎮江發函告大女
由南京發片託杏佛
詢鋼儀事
晚略李消遣大富
瀏覽民生主義講演

三月六日【星期六】陰曆正月廿二日【驚蟄】【甲午】

晴
早八時過南京
瀏覽民生主義講演
舟停蕪湖約三時
夜過安慶

三月七日【星期日】陰正月廿三日【乙未】

会
小姑山直立江山民国九年過此望之猶是也今則与北岸陸地相接南岸日崩而北岸淤積山川之不常如此也 午后過九江
瀏覽民生主義演講終惜乎 總理之演講未完也

三月八日【星期一】陰正月廿四日【丙申】

姓 早過黄州
午后二時許舟泊漢口遂遷行李沅江小輪船而偕覺生渡江赴壽山里訪張懷九夜宿居勵今家(涵三宮)晤李希屏呂友琴宥某

三月九日【星期二】陰正月廿五日【丁酉】

今上午微雨昨夜雨
懷九及鄧君壹均謙明方孝正震
吳某來談黨事中
飯孝正家屬今偕朱
克剛由廣州來
夜訪張雅柏小飲視潤
湘至遂談黨事
寄大女片報行蹤也

三月十日【星期三】陰正月廿六日【戊戌】

小雪
今晨七時開船、上
與覺生弈
寄五弟書
漢口謠西峰兆午事
瀏覽體育叢刊
夜過新堤

三月十一日【星期四】陰正月廿七日【己亥】

会
早過岳州我猶睡也
洞庭真巨浸一望汪
洋
湘江淺而寬若能濬
之使深湘省可一日
千里也
夜十二時輪船抵岸
黄若同志来迎

三月十二日【星期五】陰正月廿八日【庚子】

姓
晨起岸住福星
门外亚西飯店
今日總理一周年紀
念同志追悼竟与
共產派鬥傷六七人
重傷二人
雅荆自新 嗣佑
午後氣管微病多
痰

三月十三日【星期六】陰正月廿九日【辛丑】

昨夜雨　会

函勳山叔庭四弟五弟并示田兒報行蹤也

夷午昨夜忽赴岳州各官多偕行今日蒸客作罷亦異聞也不知何故自亂如此

沅江輪船無隙位而火車則運兵遂不果行

晚飯邵筱陵家惟震

与覺生聯名函孟蒲

三月十四日【星期日】陰二月初一日【壬寅】

朝晴

行匆促不能游嶽麓之峰

十時即赴車站而開車乃下午一時半遂留車站待之

廣濟人周武彝同志來車站懇談武彝為覺生鄉人保定学生現任營長

羅靖亦偕數同志來送行

三月十五日【星期一】陰二月初二日【癸卯】

陰微雨

上午九時車抵鯰魚套下車入住勵今家長武鐵路行太緩路工窳敗之故汨羅江寬而淺夜過羊樓司不能見羊樓峒之險郭君堂約晚飲於其家

三月十六日【星期二】陰二月初三日【甲辰】

晴

早渡江乘太古公司之武昌船返滬上午十一時開行過黃石港民居增多而鍊鐵廠則廢可歎也

讀王臨川詩

39

三月十七日【星期三】陰二月初四日【乙巳】

雨

略消遣 船過九江購磁器數事

雨齋開窗傷無名指

讀劍南詩 觀紅樓夢

三月十八日【星期四】陰二月初五日【丙午】

陰 午后雨

船抵南京登岸遂驅車赴紫荊山視總理中山先生墓地地勢甚正但慮窀穴略高耳 甚旁一山尚可葬 未至山足而雨大來 歸途觀古物保存所

夜乘火車返上海

三月十九日【星期五】陰二月初六日【丁未】

祀孔 会。小雨

早七特快車氏上海北站 氏家則知孫女念先方病痳三食後又病寒疾屬發死而孫兒體先遷於三女家吾妻已往遂赴三女家

午後黨部開特別会為昨日北京執政府鎗擊群衆也

檢視來信

三月二十日【星期六】陰二月初七日【戊申】

社日 会

必強伯琨可亭銘九静安美涵皆有函皆復欣真如函亦復五弟及德堪伯農亦有函 四弟有函

下午黨部開会晚海濱約飲味雅酒樓

訪許公武

41

三月廿一日【星期日】陰二月初八日【春分 己酉】

会玄廬季陸來告孫科之謬舉訪鐵樵燮姻偕曾仰人約南壽備上海全川會館全蜀公子事并之与樸岩玉章談未及黨事旋可亭真如伯琅及四勿、長脩叔庭必譚

三月廿二日【星期一】陰二月初九日【庚戌】

生自赴長沙於舟中略病氣管多黃痰每吐必咳或時苦氣促其後減惟夜間与早起必咳必痰今晨吐數口其中一次有血點焉得斗寅嶽修書与孫科談話令我失望德堪寄其婦書力主勸我暹隱 體先病麻今日視點

三月廿三日【星期二】陰二月初十日【辛亥】

寄德堪書
訪由炯不遇
晚覺生来函告丁
父艱

三月廿四日【星期三】陰二月十一日【壬子】

姓
不謹今日又造業矣
行年五十而自克
功夫竟薄弱至此
可歎 靜坐
作致斗寅書
致公潛請其為叔
嬡三兄寫書也
得佩嚴書勸我隱
耕華承

43

三月廿五日【星期四】陰二月十二日【癸丑】

姓

洪子儀来說徐朗西事

清瑞约飲大東

太蕤及王誠齋 鴻翥

暢談太蕤無意令人大快

三月廿六日【星期五】陰二月十三日【甲寅】

姓

沐波来訪李叔園不遇

濤泉到上海

廣州消息似確

得可亭書

訪壁予視子超病

得斗寅書

44

三月廿七日【星期六】陰二月十四日【乙卯】

看子超病

晤溥泉

開中央執行委員会

三月廿八日【星期日】陰二月十五日【丙辰】

代表開談話會

晚開第一屆中央執

行委員最後一次

會議

45

三月廿九日【星期一】陰二月十六日【丁巳】

開第二次全國代表大會上午十时開會會場在呂班路（陶爾斐司路口）建國學校 開會时精神尚佳到代表一百數十人到席者九十餘人 下午上海特別市黨部歡迎代表

晚開主席團會议

得仲琅書

三月三十日【星期二】陰二月十七日【戊午】

祀關岳

開會

勛山來晤

三月三十一日【星期三】陰二月十八日【己未】

開會

本日大会停会而開審查委員会

赴香草師家与佩年談

開會

47

四月一日【星期四】陰二月十九日【庚申】

開會

四月二日【星期五】陰二月二十日【辛酉】

開會

四月三日【星期六】陰二月廿一日【壬戌】

開會

四月四日【星期日】陰二月廿二日【癸亥】

開會

率全家攝影紀念

四兒之母有元女婿及

吾友王勃山父子姪

三人与焉而我以苐

孫之故此像已六十

歲矣須裏且傷也

49

四月五日【星期一】陰二月廿三日【清明 廿子】

植樹節

開會

四月六日【星期二】陰二月廿四日【二壬】

開會

勃山偕常德楷

車取道南京視

中山先生墓地

四月七日【星期三】陰二月廿五日【丙寅】

開會

四月八日【星期四】陰二月廿六日【丁卯】

國會開幕紀念

開會

四月九日【星期五】阴二月廿七日【戊辰】

開會
我亦被選為中央執行
委員
中央執行委員廿五人
當選人中偏非歷史
若微權過衆為美
中之不足也
青年同志略有微疵
視個人地位略重耳

四月十日【星期六】阴二月廿八日【己巳】

下午第二次全國代
表大会行閉会禮
宣告閉會
此次大會開会亘十二
日代表精神会場
秩序皆極好結果
之良出吾意外此
黨与國前途之幸
也

四月十一日【星期日】陰二月廿九日【庚午】

會
集各代表及黨部職
員中山學院建國學
校學生職員在半
淞園開游園會一堂
和樂甚盛事也
大會開會時主席團
大半推我主席為
最疲憊矣

四月十二日【星期一】陰三月初一日【辛未】

中央執行委員會
開第二屆第一次
全体會議
吾妹之子郭君初來
上海吾念吾妹見吾
甥百感而不知涙之何
從君初氣象不將
切戒之 君初之來滬
途賴章景文女士照
料景文可感其弟
伯森亦到滬

63

四月十三日【星期二】陰三月初二日【壬申】

中央执行委员会开会。与四川代表晚餐

四月十四日【星期一】陰三月初三日【癸酉】

中央执行委员会开常务委员会
午后省香草师起居，则佩韦已赴扬州矣
晚四川代表谈话

四月十五日【星期四】陰三月初四日【甲戌】

陰

午前修剪庭中花草藉以休遊此間靜之情懷為近月所未有也

下午中央開會

晚有民與吾女備酒餞德堪婦將還川也

聞德堪鬧其逆妾尚未去特戒飭之

四月十六日【星期五】陰三月初五日【乙亥】

陰昨夜小雨

孝初甥（年十七）及傑景文之弟伯森名鴻昌（年十）入南洋中學補習科此校管理督課皆嚴

得乾剛函新蜀道明日南行吾妻鍾夫人聞之泫然蓋不忍兒婦及兩孫之別去也

四月十七日【星期六】陰三月初六日【丙子】

会
德堪之婦今日搭新蜀通輪船還川留兩孩於上海晚十时送上船余亦至船照料而歸寶純亦附是船遂託之
午後黨部開會

四月十八日【星期日】陰三月初七日【丁丑】

小姪
客談極久
孝初自校歸依依之情可念此子倘有成就庶足慰吾妹九幽之靈矣

四月十九日【星期一】陰三月初八日【戊寅】

晴
午後開会
晚訪佩蘅姪談家
常

四月二十日【星期二】陰三月初九日【己卯】

晴
訪林義順而与黃
莫京馬庸航遇
得田兒快信滬三月十二日晚
念其兒女之病仍
勸我遷川
得陳敬修函
晚規伯純之失
寄伯琅可亭真如明
九及四弟書

57

四月廿一日【星期三】陰三月初十日【穀雨 庚辰】

晴

得田兒書（距二月廿三日）因其生辰而作勸我回川

得叔凝及其子守一函示欲我還任某事

得四弟書（十二日）得仕俊書（一日）

得葆祖志言書

与佩年合餞祝 香草师壽

四月廿二日【星期四】陰三月十一日【辛巳】

雨

下午開會

晚赴祝 香草师壽

四月廿三日【星期五】陰三月二十日【壬午】

陰 小雨

江翊卿邀飲遇甫民約之來吾家諾我矣後竟不至

晨晚皆赴 師家 師今日滿五十年壽也我鑄銀樽鐫富壽康寧四字為祝

佩半夜歸去

四月廿四日【星期六】陰三月十三日【癸未】

邀苑春膏宋紹曾黃俊生黃季陸夜飲 劉立方自滇來面攻許摩立來書

得鼎卿處寄金五百日代表黃然鼎卿之一字也

四月廿五日【星期日】陰三月十四日【甲申】

會
欣羅廷修親家促其速
来

四月廿六日【星期一】陰三月十五日【乙酉】

姓
甫民来自陳決了某
姈事
奉軍殺邵飄萍於
京師廿四日事也摇累
不可說者盜飄萍
一生捭闔不謹於金
錢之取受本非若虔
徒以受俄人金錢之故
為人所持遂以殺身亦
足般鑑至死非其罪死
不以法可哀也已

四月廿七日【星期二】陰三月十六日【丙戌】

会　小晴

生方不知還寓何所訪之不能得

得可亭書報平安

聞晚奉軍圍搜北京大学軍人横滥如此彼共産黨人之行為洵可恨斥而奉軍不講法度将如何是皆國之憂也

四月廿八日【星期三】陰三月十七日【丁亥】

会

得仲執寄大女書来足知孝初甥之尤不肯也

甫民之父廷修親家到邀我往視三女遇之遂約過吾家晚飯二後商處甫民外遇事言之甚長可歎吾言重而辭婉為吾女計不敢不婉也

四月廿九日【星期四】陰三月十八日【戊子】

姓 晨寒 晚寒
得四弟兩緘廿二、廿三所发生計之
難初料不及
午後開會
散長懷斗寅撒脩浦
生

四月三十日【星期五】陰三月十九日【己丑】

姓 晨寒 晚微寒
何大任現名何請字宇龍来訪不
見十五年矣而所見未
進步
邱子苑之兒脈峰十八歲與
應様生由粵来見
約甫民父子便飯詢甫
民了结某事辦法
吾料必有不實者
黄英咯血視之
大女游杭州

五月一日【星期六】陰三月二十日【庚寅】

姓
五一勞動紀念節
晚四句及可亭勃山玄廬
集商孫文主義學會辯論
為黨事晚汝為及蕭佛成
夜嚴戒孝初甥

五月二日【星期日】陰三月廿一日【辛卯】

姓
寄書田兒

63

五月三日【星期一】陰三月廿二日【壬辰】

午後中央開會

五月四日【星期二】陰三月廿三日【癸巳】

午後審查各案

五月五日【星期三】陰三月廿四日【甲午】

陰

中山先生在廣州成立正式政府就大總統之五週年紀念法捕房亦干涉不准開會午後在黨部成禮

五月六日【星期四】陰三月廿五日【立夏 乙未】

小晴

午後開會

五月七日【星期五】陰三月廿六日【丙申】

姓
偕海濱往訪公武
康丞来吉湘事及厦门
同志与共产派對抗情
形
租界當局者淞滬當局者
嚐嚴屬禁止開會可恨
歎彼共產黨乃噤若寒
蟬

五月八日【星期六】陰三月廿七日【丁酉】

会
左方夫婦来
偕許卓然勸其澈
底清黨
嚴責孝初其姊莊嚴
攺大女書亦指出孝
初過失不少

五月九日【星期日】陰三月廿八日【戊戌】

國恥紀念 晴

午後燮卿來名與拳師
陳某甘肅人相見敵以有
睛頂與丹田失用之故曰
必手上之力未去淨敵以
擾按推掤之別又敵以
彌後出步不穩之故曰
必後足跟虛起且後足
未嘗贴用
廩丞李鳳亭祚輝來訪
夜遇桂崇基

五月十日【星期一】陰三月廿九日【己亥】

晴

午後中央開會到会
人數不足數急心生
矣
復銘九 殷叔璣勸山
練拳意在手先則自
然且毫不著力今日
所心得者

五月十一日【星期二】陰三月十三日【庚子】

晴

得丰寅長欣

五月十二日【星期三】陰四月初一日【辛丑】

晴

下午開中央會議

五月十三日【星期四】陰四月初二日【壬寅】

姓
得叔凝書內附鼎卿致
我函及琢章致唐德安
函陰三月十七日發 得唐德
安書四月三十日發 德安已到重
慶
川局詭變須又合湘客軍而
鼎卿知難而引退或者得
姑安一時然前途之憂正
大也 琢章以愧我金為
德安言

五月十四日【星期五】陰四月初三日【癸卯】

姓
得五弟書陰三月廿一日發言
四弟之目漸明而又感寒
恙亦可望愈惟負債無
方須經營也敢無本
作做未發致四勿者
紹曾來明日將還蜀
鈔密電本交黃明清

69

五月十五日【星期六】陰閏月初四日【甲辰】

姓

為體孫買藥費功夫兩

小痔

晚做紹曾及左方夫婦

五月十六日【星期日】陰四月初五日【乙巳】

小姓会

夫人候病昨夜夫人未

安睡今日发寒用玉

簪花梗葉治之

波多博來訪

得可亭書 十日北京

寄五弟及伯農姪書

發四函 致可亭及潘子光

致叔儀鼎卿有退兵說

感其去添未復之書

大女歸向杭州 晚責孝初

五月十七日【星期一】陰四月初六日【丙午】

小姪

得劭山書 午後會議

自克之難尤難於溺在情若知自克而卒弗自克大都惟情欲為甚

報載十五日廣州黨會所協議者皆不澈底而醞釀未來禍變之自取加法也

晚唐繼安黃才寅石青陽

葛黃裳張國元夜來久談

五月十八日【星期二】陰四月初七日【丁未】

小姪

得張真如及伯嚴姪書 陰二月廿

漢民雄來上海屏客不見雖我等亦謝絕也

與羅廷修親家甫民女婿為一度談話親家不快甫民頗著急我乃曰今可表示信任甫民以今日為甫民之自新之日親家乃歡雖從此以亡如何而有此表示也我與甫民握手而別以為記念

71

五月十九日【星期三】陰四月初八日【戊申】

陰雨

崇基来 公武偕其弟許
佛航濟来
見梅濱交来廣州報告又鄧
後初述廣州来者之言 吾
慮廣州必不以是（指与共派
妥協）而戢 展堂不見客 不
見吾人頗可異
崇基夜又来 与季陸所慮
相同

五月二十日【星期四】陰四月初九日【己酉】

晴 風
戚叔懐 樹寄金爱收
振三錦
欣筱争宣三
溥泉来談
下午会議

五月廿一日【星期五】陰四月初十日【庚戌】

晴
欣玄廬　得勃山欣
周豈南馬悅川宗家張蘊
良來　楊杏佛來

五月廿二日【星期六】陰四月十一日【小滿 辛亥】

晴
子超約飲与辰老往
被也
得鍾涎男之子幼尊欣

五月廿三日【星期日】陰四月十二日【壬子】

姓

俊鍾幼尊啟　啟公階

五月廿四日【星期一】陰四月十三日【癸丑】

姓

得叔凝丰寅及唐德安

啟　得鼎卿軍需處

啟

得田兒寄其諸妹啟

四弟果死，且死已久。其

時為十三年某月，正叔

大病於廣州之時，故一

家皆隱其喪而不使

叔知。悲夫！吾弟叔既不

能見母，又不能見兄弟，畢

命結果如此耶！

五月廿五日【星期二】陰四月十四日【甲寅】

晴
昨夜半又得徒搖快信，所
言數事皆善（一）上海告咨之
多（二）勸我休息出門必偕伴
（三）言四五兩秋不善經營，郎欲為
之還債，必待我歸還盤費，盈
乃可否則舊債去而新債來（四）
仲執不應欲總攜代乃叔償
債云云　唯客来祇有紛為擾
納不可延客也
作長牋寄介石、靜江

五月廿六日【星期三】陰四月十五日【乙卯】

晴
日本友人波多博約飲
於六三花園，慶山田純
三郎之病愈也
寄田兒書

五月廿七日【星期四】陰四月十六日【丙辰】

晴 午後雨

偕周世南訪王慎和飲

知川黔軍在渝消息也

午後會議

夜過錫卿

李金發來言鑄像事

五月廿八日【星期五】陰四月十七日【丁巳】

晴

黔軍廿三日退去重慶川

軍入城不知紛擾若

何叔癡德安青陽取

何態度黨部無接

辰

五月廿九日【星期六】陰四月十八日【戊午】

姓

晴陳志言
王慎和合飲遇薛勛石
訪劉覺民又不遇〻李養
源史可軒歐陽豪劉銘
武
瀏覽現代之思想

五月三十日【星期日】陰四月十九日【己未】

姓

得香草師書已歸自
蚌埠五日矣
晚謁香草師
今日五卅慘案週年之
紀念日也人心不死有
敵愾之表示惜因祇
非共產黨利用之故
而不盡其情
一日皆在黨部
王慎和薛勛石來
返寓卿思屏壞

77

五月三十一日【星期一】陰四月二十日【庚申】

會溥泉梓琴公飲粵商大事

遇汝為 陳叔凝

得可亭書

六 月 一 日【星期二】陰四月廿一日【辛酉】

晴
賀周銘九得子
屏孩来 過廷修小說家
冷杰生来 名獻寅東之弟

六 月 二 日【星期三】陰四月廿二日【壬戌】

晴
得李明章表弟書殷
殷出至親之誼也
訪韓守齋 名全樸陸
軍大學畢
業
訪在方 款客以為家
三女將偕其夫還川故
養生長二十餘年未
嘗離其母側今將遠
別吾妻惜然吾女亦戀戀
雖然此人事之不能免
者也 約有民晴以吾們
朋望其夫婦若

79

六月三日【星期四】阴四月廿三日【癸亥】

晴

中央党部会议未成人
数不足也改开谈话会
夜饯肯民因约江庸卿刘
生之钦
得叔雍笺廿五日书
军运所损不小
得仲枕敬所曼若其予
与生活也
慕袁之女昨夜登舟赴
粤我观念其境之艰

六月四日【星期五】阴四月廿四日【甲子】

雨

未练拳因精神疲也
作行书数百后写者略
有可观
复叔雍笺
约韶鹓询以老民外
遇事
得勃山书

六月五日【星期六】陰四月廿五日【乙丑】

晴

[illegible]

復陳蓉伯書介紹某

鏡光來見

得叔儮書五月廿六日發

林子賢、楊秋帆來見子

賢代王植之改我書

李仲三、史可軒、李蓁泉

周灝、武馬青腕名欵

赴之

六月六日【星期日】陰四月廿六日【芒種 丙寅】

晴

[illegible]

復叔儮，函托李金發

借款收據附寄以去

聞周頭聲等在渝

以寬獄館發吾甚

慟之而傷軍人之妄

殺也

江蘭卿名欵赴之

81

六 月 七 日【星期一】阴四月廿七日【丁卯】

姓
寄德搖書告龍孫之
歸也贈甫氏衣料
下午會議
汝為廣怒黃裳來
理明夷午士權來
黃藻雲來又遣其子
少雲饒物不見十五
年矣總角之交相与
歎斑白也
甫氏來拜別

六 月 八 日【星期二】阴四月廿八日【戊辰】

訪藻姓雲
三女夫婦昨日未成行
因船放期今夜開行也
汝為約趙炎午謀人明日
聚商今晚吾人先聚
議而梯雲已至遂飲
而不及其他
蓋見甫氏不實之言動
特約其父子詳談頗
不快吾家人尤憤懣
遂致三女別時母女大
哭焉乎婚姻難矣

六月九日【星期三】陰四月廿九日【己巳】

晴 夜小雨

昨夜偕大女楊淑惠女士及廷修親家及五女朱佩萱女士送三女夫婦上船而船乃今晨始解纜遂皆留船未返 早六時許我先返八時後至別船已移泊江心我送茅草根給商民麵包給三女 六一散給吾孫體先

夜与吳午諸人在渝為家談話 房族約飯功德林

六月十日【星期四】陰五月初一日【庚午】

晴

午應會議 夜訪蕅雲

作跋植之臉 外鼎錫植之兩書託楊秋帆寄去

83

六月十一日【星期五】陰五月初二日【辛未】

陰 晚微雨 夜中雨略大
方仲文等来
應持志大学之孫文主義
学會之约为说教義
電縣郊推之借林子賢之
密電本譯發

六月十二日【星期六】陰五月初三日【壬申】

雨終日
晚方琢章石青陽
介紹方仲文秦湘濤
趙伯晗吴克定也
廷修親家来
訪吴山易俊初彭巨川江
子修 視李敬齋病
五女与朱九姐昨由校帰
病頗厲今晨五女脉息
猶百至乃必破迹校担之
不可 晚静江竹石楚傖
元沖

六月十三日【星期日】陰五月初四日【癸酉】

晴

午後市党部開会我往列席

六月十四日【星期一】陰五月初五日【甲戌】

夏節

晴

約廷修藻雲父子俊生在方夫掃伯純叔夫景文姊弟飲以端午節生窓中十觀上海美術專门学校学生成績展覽会大女有畫二幅焉

85

六月十五日【星期二】陰五月初六日【乙亥】

晴

昨日因病午放假今日補行黨部會議

六月十六日【星期三】陰五月初七日【丙子】

晴

六月十七日【星期四】陰五月初八日【丁丑】

雨

得三女舟中緘（陰五月三日作四日泊漢）知甫民在途咯血提議折回上海迎沈伶倩歸而屬吾女留漢口待之吾女不允遂非緘三女

過子能及廷修親家告以甫民意見

下午黨部開會 倩海濱

訪伍梯雲

晚過錫卿

六月十八日【星期五】陰五月初九日【戊寅】

雨晚雨止

午後溥泉孜為超俊在梯雲家談話

緘叔凝

得三女漢口緘（陰五月六日發）甫民留漢口託詞胃病獨吾女前進還川此吾孫體先累贅之也遂緘三女及德堪

得許衍立書（昆明）

犀

六月十九日【星期六】陰五月初十日【己卯】

小晴
鄭和卿來訪由重慶歸也
伍屏侯孫子遜來別
得可亭書

六月二十日【星期日】陰五月十一日【庚辰】

小晴
中午彭乾剛約飲赴之
溥泉趙俊及我過海為
家訪謝國光宋年
南
夜飯李泉澍江子欣
雅廷脩彭乾剛江
爾卿仲卿

六月廿一日【星期一】陰五月十二日【辛巳】

雨 午前会
赴通易公司 遂過道
腴家遇秦人陳毅
下午董部会議
得玄廬牋
復勃山

六月廿二日【星期二】陰五月十三日【夏至 壬午】

小雨
在汝為家談話
張平江自粵還滬謂
介石無望矣
得劉蜀生書 牯嶺
得田兒書 十一日 綦江 詳舉其
四叔死期及侄遇与夫吾
母由冀而復殯之故 嗟夫
家遭不幸而田兒亦可謂
侄憂患之極矣
四弟死期 十三年陰
曆六月十四日

六月廿三日【星期三】陰五月十四日【癸未】

小雨

得五弟書（陰五月初二發）祇言負債情形大約家中老幼皆平安也

陳志進來談太極拳與趙鐵橋同學 志進名銳甘肅人所接与張先生接者不同

早偕季陸訪海濱共商處置粤事

[redacted]發玄廬

發何石靜江為最後忠告

發伯誠可孚 得甯氏（宜昌）書

六月廿四日【星期四】陰五月十五日【甲申】

陰[redacted]奇熱

四弟還自北京

寄田兒書 發子超蜀生

六月廿五日【星期五】陰五月十六日【乙酉】

雨　午有奇熱

久不雨〻点微今乃雨也

得三女宜昌牋　陰五月十日

遇梯雲

今日練拳汗如雨矣

六月廿六日【星期六】陰五月十七日【丙戌】

上午暴雨　乍晴乍陰雨

往視海濱

得叔濂牋　十八日重慶

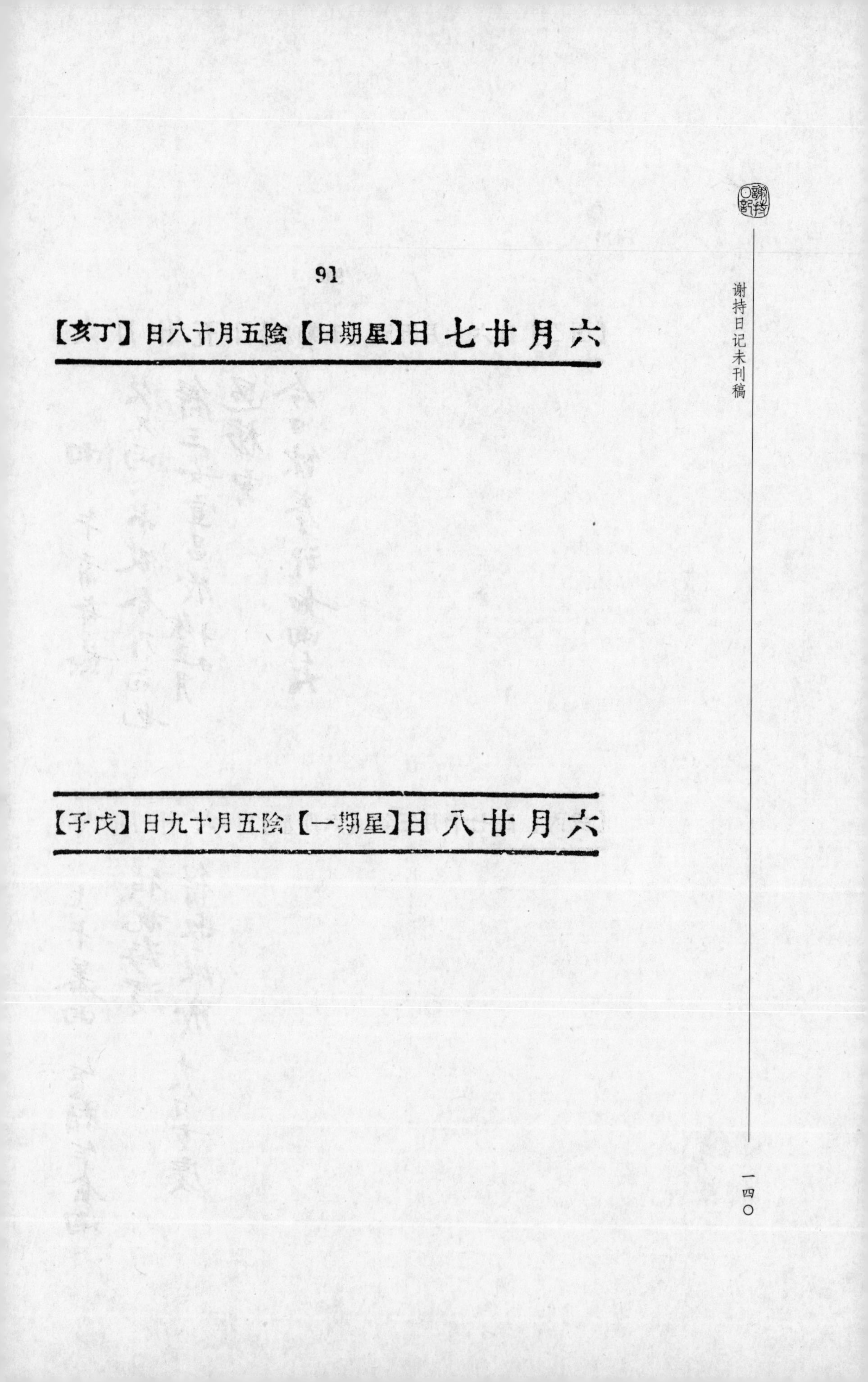

91

六月廿七日【星期日】陰五月十八日【丁亥】

六月廿八日【星期一】陰五月十九日【戊子】

七月三日【星期六】陰五月廿四日【癸巳】

馬廠首義再造共和紀念

七月四日【星期日】陰五月廿五日【甲午】

95

七月五日【星期一】陰五月廿六日【乙未】

七月六日【星期二】陰五月廿七日【丙申】

得三女禹縣書

陰五月十九發

七月七日【星期三】陰五月廿八日【丁酉】

會
偕香草帥
賤佩弟秋康
開第二次中央委員全體
會議行開幕禮

七月八日【星期四】陰五月廿九日【小暑 戊戌】

97

七月九日【星期五】陰五月三十日【己亥】

陰

中央執行委員會第二次全體會議議事

今晨知章炳奎確從黃浦江溺死，景文姊妹一慟幾絕，而景文尤悲。

七月十日【星期六】陰六月初一日【庚子】

晴　奇熱

日偏蝕。

夜十二時得田兒書，係六月三十日重慶發，勸我與其母還鄉，其商業收束甚是。

為景文之弟炳奎殮層事畢，日未出門。

七月十一日【星期日】陰六月初二日【辛丑】

晴，奇熱。晚看香草師我非香草師急我之急共早餓死上海矣。黨部值日。

七月十二日【星期一】陰六月初三日【壬寅】

晤勃山。為景文存保棺木費，此事全賴彭乾剛君。中央開會。錫卿夜來商莫展事。

七月十三日【星期二】陰六月初四日【癸卯】

炎熱極。下午三時許大雷雨，頃刻晴明。上午出门治事，汗如雨也。下午赴党部。

七月十四日【星期四】陰六月初五日【甲辰】

晴。得二女鄭都函（陰五月廿一日發）。得士俊書。復可亭、錄九書，并貽芷媛、貞如。復西輸艘陰五月廿五日泊重慶，叔心安矣。三女与禮先平安到渝也。

七月十五日【星期四】陰六月初六日【乙巳】

七月十六日【星期五】陰六月初七日【丙午】

姓

男与大女略有違言數日矣吾作癡聾以為此少年夫婦之常態耳而訌乃日甚今夜召而疏導之因歡然矣

七月十七日【星期六】陰六月初八日【丁未】

七月十八日【星期日】陰六月初九日【戊申】

得德堪渝函 七月二日

七月十九日【星期一】陰六月初十日【己酉】

晴

全體會議人數不足

七月二十日【星期二】陰六月十一日【庚戌】

初伏

晴

寄五弟及田兒三女書

復陳東皐劉子文兩妹文

暨甫民女壻

請東皐撥存款兩百圓

給五弟還債債之息

全月六分令人驚駭

寄田兒書發後即得

其七月七日書勸我

還川全活下

得故癡騃

103

七月廿一日【星期三】陰六月十二日【辛亥】

晴

全體会議人數不足

晨訪煥廷趙俊為德捷

南洋兄弟公司事也

与汝為梯雲会於溥泉處

田兒不檢甚矣特書敕

飭之

得廖剛書

七月廿二日【星期四】陰六月十三日【壬子】

晴

寄田兒之歸書

七月廿七日【星期二】陰六月十八日【丁巳】

七月廿八日【星期三】陰六月十九日【戊午】

晴 熱達百零一度

晚許摩立

開中央黨部會議

徐堪又來願從我回

川

107

七月廿九日【星期四】陰六月二十日【己未】

晴 熱達百零四度

聞趙迦德患痢已瀕危篤

暮赴其寓視之遂入中江醫院我欲留生語云病重尚未入險境

朝過海濱 午後過汝為楊雲

得滄伯書

屏孩自粵歸來晤

七月三十日【星期五】陰六月廿一日【庚申】

中伏 晴 熱達百五度

財務委員又不成會

迦德病逝矣遂分告芷君三先生及迦德之戚張某

得梅谷伯覆牘

屏孩以錫燮被悟告晚錫文爲叔言之

七月三十一日【星期六】陰六月廿二日【辛酉】

晴

俊伯來書

109

八月一日【星期日】陰六月廿三日【壬戌】

八月二日【星期一】陰六月廿四日【癸亥】

八月十一日【星期三】陰七月初四日【壬申】

晴

八月十二日【星期四】陰七月初五日【癸酉】

晴

得三女書陰六月廿二日朱家以具言思念之苦又以華元昭被槍傷臂之慘狀告元祝吾愛之姪孫吾外祖之裔僅存二人（一）五舅氏之子（二）二舅氏之孫即元昭也三女與其先兩將為元昭納妾并止其為兵篤於祀之誼者也

得俞氏書重慶

115

八月十三日【星期五】陰七月初六日【甲戌】

八月十四日【星期六】陰七月初七日【乙亥】

甡

夜眠汗不寐也

八月十五日【星期日】陰七月初八日【丙子】

小晴夜大風雷雨
邀海濱歐陽蒼生三田來
訪蒼生言及粵事頗憤
憤
發辰堂促其出關事
謁香草師遇希周而知
佩嚴夫人之必不起矣
與溥泉覺生連名復張
秋白書

八月十六日【星期一】陰七月初九日【丁丑】

晴涼
發仲魁
作書致溥泉請其分
金黨部因措詞之離
逝書、以為腦病矣
泰和公司董事會議
赴之

八月十七日【星期二】陰七月初十日【戊寅】

晴略熱

得羅廷備視家函

八月十八日【星期三】陰七月十一日【己卯】

晴

會議

夜偕文來商為蜀

九請撥盤數此議

章之意

十一時辛伯森來促

過其家晉已寢矣

而迎翁後來乃起

披衣赴之至則已鼎

沸矣

八月十九日【星期四】陰七月十二日【庚辰】

晴

一日頭熱靜不能臨帖
不能看書知失眠後
之所損大矣
昨日為景文姊料事夜
深二时後始歸衣履
濕矣
今日九時往景文家一轉
乃急迎柏如来居吾家
午後仍赴堂部作函三紙
而倦甚

八月二十日【星期五】陰七月十三日【辛巳】

晴

昨夜熟睡今晨起則
一身輕清矣

119

八月廿一日【星期六】陰七月十四日【壬午】

八月廿二日【星期日】陰七月十五日【癸未】

九月三日【星期五】陰七月廿七日【乙未】

九月四日【星期六】陰七月廿八日【丙申】

12'

九月五日【星期日】陰七月廿九日【丁酉】

小雨
詣香草師
赴汝為家議事

九月六日【星期一】陰七月三十日【戊戌】

理明覺生今夜赴南京
訪彭巨川邀理明

九月七日【星期二】陰八月初一日【己亥】

九月八日【星期三】陰八月初二日【庚子 白露】

会

下午開會夜又開會

覺生理明還滬屠達

志在攻我軍主義云

云乃口頭禪耳

雄息漢陽漢口皆為我

軍佔領（漢陽六日午

前三時漢口七時午前）

四勿侍其母還川羅元

叔夫婦同跡叔送之

舟

129

九月九日【星期四】陰八月初三日【辛丑】

侌
錫卿在方竹軒作箸卯及
高尚志雜瘫我已寢乃
起之錫卿家十二時后始
返
得叔凝德安居明清函
周正南召飲遇肩卿

九月十日【星期五】陰八月初四日【壬寅】

侌 薄暮始雨漸大
示田兒詢江潤叙永雄居
又言設賓娟草公司事
成田汝勤
偕梅濱赴汝為家開會
摩士放齋及韓主倫召飲
赴之
董摩晉來
竹松吳南子野相見

九月十一日【星期六】陰八月初五日【癸卯】

雨

得可亭報平安書 北京

九月十二日【星期日】陰八月初六日【甲辰】

131

九月十三日【星期一】陰　八月初七日【乙巳】

九月十四日【星期二】陰　八月初八日【丙午】

九月十九日【星期日】陰八月十三日【辛亥】

九月二十日【星期一】陰八月十四日【壬子】

寄五弟書數月不得來信甚念之也欲汝為家商略張作霖事詎覺論甚詳然應之則亟宜酌也

135

九月廿一日【星期二】陰八月十五日【癸丑】

秋節

供祖宗神牌九鞠躬敬思先人遺容墓道思三女田兒遜兮慼之詣香草师拜節

九月廿二日【星期三】陰八月十六日【甲寅】

会

開會

孝初甥浮惰不悛處其入持志之無人督責也命之入建國學校置家食宿便於教之督之所惜教不服以群督之也

九月廿三日【星期四】陰八月十七日【乙卯】

晴
得三女書
由駱漢三交到首民牋
詩泉季陸及陳澂雲
徐次斯來
韋士騄泥

九月廿四日【星期五】陰八月十八日【秋分 丙辰】

会氣很熱
得叔痴（加早筆）牋十二日發由乾剛轉來
胡子良（加日事）還自郵城
寄徐紹伯絶書為轉
伯晨及家書也
牋叔痴及唐德安

九月廿五日【星期六】陰八月十九日【丁巳】

今氣候熱

得子野漢口牋

敘介眉為其言變家

近狀於錫卿

九月廿六日【星期日】陰八月二十日【戊午】

社日

祀關岳

十月一日【星期五】陰八月廿五日【癸亥】

十月二日【星期六】陰八月廿六日【甲子】

141

十月三日【星期日】陰八月廿七日【乙丑】

孔聖誕節 晴

朝謁看草帥

過汝為、梯雲

伯倫自粤歸滬，鎩羽。吾愛莫能助之。

李芸先之子幼芸窮於上海，請還蜀路費甚重，以乃父之託而哀其少年，勉貸三十金畀之，蓋救已苦鹽米之資告匱也久矣。

十月四日【星期一】陰八月廿八日【丙寅】

陰

亦田兒命其往視三女，并察甫氏行動，戒必謹。

史臨川、周銘久、張鳳九來自北京見訪，晚赴臨川、鳳九處。

得叔巖之子一守緘

得三女中秋日書，語苦不堪，令叔與吾妻憂難釋也。

十月五日【星期二】陰八月廿九日【丁卯】

會雨

示三女慰之意多也

午後赴黨部

為子銑三叔別名吉昌字銘清事

修香草師及何思毅

報載三日晚北伐軍佔

領贛之德安

十月六日【星期三】陰八月三十日【戊辰】

會

四勿九月廿三日侍其母入瀛

而總堪尚留渝遊相与

商訂叔鄉居之豫備辦

法云

得積德祥九月廿四日快電

言爲九屯擬軍鹽款也

修廷侄視家

為子銑三叔事修何

思毅

訪銘九貢三

十月七日【星期四】陰九月初一日【己巳】

会

得季陸函 城陵磯發

得通一函 漢口發

昨夜夢見吾父吾母兩妹其事則清明日吾父自拜先人墓歸責吾不拜吾本生父墓吾始懔然自覺若忘吾本生父之死事者吾父氣急而仆吾抱持之吾母吾妹極力慰之於以見小子之天性日漓也

十月八日【星期五】陰九月初二日【庚午】

十月廿一日【星期四】陰九月十五日【癸未】

十月廿二日【星期五】陰九月十六日【甲申】

性

得季陸重慶書不切理

而遠於事實之談也

151

十月廿三日【星期六】陰九月十七日【乙酉】

晴

得三女書 陰九月四日發

壽汝為以酒

啟伯張燮鄉摩文

思雪壓啟之

建國學校毀矣

十月廿四日【星期日】陰九月十八日【丙戌 霜降】

晴

久不得五弟來書信

之亦不應疑有非常

遊啟劉子文妹丈探

吾弟消息

昨夜上海有蠢動者

成敗當別論其動作

徒貽譏耳

吳山來

十月廿五日【星期一】舊九月十九日【丁亥】

姓

吾甥郭孝初責湖今日滿十八

歲生日治酒勉之

晚刘禹九介紹會理人李重光

往見言寧遠事也

十月廿六日【星期二】舊九月二十日【戊子】

153

十月廿七日【星期三】陰九月廿一日【己丑】

十月廿八日【星期四】陰九月廿二日【庚寅】

十一月九日【星期二】陰十月初五日【壬寅】

十一月十日【星期三】陰十月初六日【癸卯】

十一月十一日【星期四】陰十月初七日【甲辰】

姓

練拳
復紀人慶書人慶來
書勸我與蔣介石
爭是非而往日人慶
已有毋爭意氣之
說故復書解釋

十一月十二日【星期五】陰十月初八日【乙巳】

会

中山先生誕辰紀念
黨部設位祭之
草歲正厂文正厂不知
何許人被於紀念中
山先生文中指我誣
中山為理想家為赤
化過激也

十一月廿一日【星期日】陰十月十七日【甲寅】

十一月廿二日【星期一】陰十月十八日【乙卯】

本生父鏡湖府君生日紀念

167

十一月廿三日【星期二】陰 十月十九日【丙辰 小雪】

十一月廿四日【星期三】陰 十月二十日【丁巳】

十一月廿九日【星期一】陰十月廿五日【壬戌】

十一月三十日【星期二】陰十月廿六日【癸亥】

得三女綦江書

十二月一日【星期三】陰十月廿七日【甲子】

性

十二月二日【星期四】陰十月廿八日【乙丑】

17+

十二月七日【星期二】陰十一月初三日【庚午】

十二月八日【星期三】陰十一月初四日【大雪】【辛未】

175

十二月九日【星期四】陰十一月初五日【壬申】

十二月十日【星期五】陰十一月初六日【癸酉】

母華太夫人生日紀念

十二月十五日【星期三】陰十一月十一日【戊寅】

十二月十六日【星期四】陰十一月十二日【己卯】

陽曆今日本生母林太夫人忌期棄小子四周年矣

179

十二月十七日【星期五】陰十一月十三日【庚辰】

陰曆母華太夫人忌期棄小子廿六周年矣

十二月十八日【星期六】陰十一月十四日【辛巳】

十二月卅一日【星期五】陰十一月廿七日【甲午】

姓

除日又一年矣此一年中無足述者日碌碌於黨而已黨之事亦鮮成績所幸未為勢屈能保一身清潔光明耳生活費財拮据而負債矣除舊布新明年之計何如

本年行事紀要

出入款目表

月／日	收入	百	十	圓	角	分	厘
月／日	支出	百	十	圓	角	分	厘

人名錄

姓名	住址	電話
罗甫民	南米亭子利通生一	
韦国明	南王廟门九尺坡	
	茂荣号	
宋叔龙	南惢军坡仰凤兴里	
	九号 兵马	
四勿	北京西城水园大院	
	八号	
	六马路一八四四田口	沈用英
	沈松沪沙木作	

人名錄

姓名	住址	電話
黄發虎	民生北里四四九	
肇祖	大沙头民国革命第三军	
	郭副官處	

人名錄

姓名	住址	電話

民國十六年要事表

一一國之強弱視人民之德行（斯邁爾） 南京政府成立紀念日

提要

社會記事

氣候 溫度

晴 較往日暖

元旦早起盥漱率家人拜 祖以次拜年如儀 甥郭孝初買臘梅及鮮花插瓶遂春氣滿堂矣客三孝初甥鼎大姐朱九姐

上午十時赴黨部慶祝遂拜謁 香草師

下午三時赴寧波會館賀饒乃誠与王級賢女士结婚我因代表乃誠之父書春老伯為主婚人

晚八時上海五區黨部聚餐北四川路會元樓偕覺生赴之

劉湘解散我四川省黨部事微實蓋去年十二月廿五日事也此輩無主義無主張利害關頭即無不可為矣奚足責焉所繫諸余懷者同志諸友能否不氣餒耳

一月一日（丙寅十一月二十八日乙未） 土曜日（即星期六）

民國十六年國民日記

終身為善不足一日為惡有餘（何垣）

一月二日（丙寅十一月二十九日丙申）

日曜日（即星期日）

提要

寄五弟及田兒（安順）書　發陳東章妹文　發四勿甫氏　發羅廷修親家

託伯純料理謝紹清等販木材事

五女為其姊壽遂入校　我若初以誠責之稍屬遂有不然任受之色

社會記事

氣候　溫度

晴

人心貴乎光明潔淨（程頤）

提要

陰曆大女生日滿二十九歲矣

社會記事

漢口英人傷斃吾演講羣衆

（氣候） 晴

（溫度）

今年學拳之始　午後客至　訪鐵城　晚林德軒李蘭軒龍句子來

得勛山牋

一月三日（丙寅十一月三十日丁酉）

月曜日（即星期一）

民國十六年 國民日記

在自修處求強則可在勝人處求強則不可（曾國藩）

一月四日（丙寅十二月初一日戊戌）火曜日（即星期二）

提要

訪德軒韶覺義順

社會記事

（氣候） 朝霧 晴

（溫度）

已過之苦痛轉成可寶之經驗（英諺）

提要

社會記事

氣候　溫度

姓

伯琅來滬相見甚歡談數小時別去　殷可亭

紹清三叔將運川西所販木材似被局騙託伯純料理之

今年第一次中央執行委員會會議

一月五日（丙寅十二月初二日己亥）水曜日（即星期三）

民國十六年國民日記

一月六日（丙寅十二月初三日庚子）（小寒）木曜日（即星期四）

民國十六年國民日記

（氣候）朝霧 小雪

（溫度）暖如初春

提要

報載漢口英租界請革命軍派兵保護收回租界之某始也

社會記事

謝持日記

限制自由即保護自由（赫胥黎）

提要

寫鄒壽石先生墓誌先生海濱之父也墓文亦我作文与字皆不佳史海濱之請求不可卻祇期徵實不貽諛墓之譏足矣

與伯琅久談遂餞漢摩人鶴蓋伯琅宰偃師數月廉潔自矢不能具今襲殮可歎

社會記事

（氣候）陰　夜雨

（溫度）

一月七日（丙寅十二月初四日辛丑）金曜日（即星期五）

民國十六年
國民日記

修身以不護短爲第一長進（呂坤）

一月八日（丙寅十二月初五日壬寅）土曜日（即星期六）

提要

社會記事

（氣候）上午雨 今 航風

（溫度）

晨赴伯琛處送之　繼秀　午飲汝為家蜂球

昆　游於章張繼高来昆南家談話次宋子言事也

四勿来牋（十五年十二月 吾成都）述廢督遷川且計我客中生活費以德堪改渠書

附来並德堪与之商我歸計也

伯琛船改在晚間駛来談夜八時別去　宋虞琪来

法律無終食之間可離者也人之文野只法律之有無爲差（孟德斯鳩）

一月九日（丙寅十二月初六日癸卯）日曜日（即星期日）

民國十六年國民日記

提要

社會記事

（氣候）晴

（溫度）

伯純受叔之託料理謝紹清木材約據事，今日將約據遺失，并失國幣四十兩。此事本多糾纏，人方設局以陷紹清等，而叔援紹清，乃伯純不謹，致有此失，叔心頗不釋然也。

天下豈有不盡人情之人而可與共國大事者哉（袁翼）

民國十六年 國民日記

一月十日（丙寅十二月初七日甲辰）

月曜日（即星期一）

（氣候）（溫度）

提要

練拳

為漢口外交囑吳山促暘生電告政府使知所惕

伯純及紹濟三叔辦理遺失回單事夜鄧晉三來我頗嫌也

社會記事

姓

兼聽則明 偏聽則暗（魏徵）

提要
發仲執士俊成都子文季讓
寄緒堪婦及三女富順書

社會記事

（候氣）（溫度）

又是一年久欲分致仲執士俊子文季讓書今日始寫發去年畢五弟消息印子文沉今不得復遂又言於士俊季讓計程三女應伴其嫂安抵富順故寄書寬以教之并告受諭以念先吾意

伯歐洲返國同志飯於功德林

得李文卿書報告吾川省黨部被封狀

一月十一日（丙寅十二月初八日乙巳） 火曜日（即星期二）

民國十六年 國民日記

一月十二日（丙寅十二月初九日丙午） 水曜日（即星期三）

民國十六年 國民日記部

（氣候）晴 （溫度）

提要

社會記事

三女來書

子文妹丈來書

得叔巖書

與法比德還國同志談話遂赴開中央執行委員會

夜議秀草師託匯款事還臣六

仲詢俶三以乃伯熊山信來

大女得三女書三女不還富順應其夫雷氏之命以陰曆冬月二十日前後由綦江赴瀘

劉子文妹丈來書詳言叔五弟仲琦商業損失原因及所虧折數目

一月十三日（丙寅十二月初十日丁未）木曜日（即星期四）

民國十六年國民日記

眞實爲萬事之根本・切才力最大之要素（加銘）

提要

得斗寅書以四川省黨部被劉湘查封告　得可亭書

練拳

香蘇師治病於重百齡叙往百齡醫院之言匪款事遇冷禦秋

山田言中南晚報及他事

社會記事

（氣候）（溫度）

陰　晚微雨

一月十四日（丙寅十二月十一日戊申）　金曜日（即星期五）

（氣候）晴　（溫度）

社會記事

提要

得叔雅斗寅書

作書不歇 作陳源乾王花仙啓亦不歇甚矣其荒也

訥二俶三遲帶德省視

午後商外交孫口事推汝為廊 遊遲山田

又得叔雅十二月廿日斗寅十二月廿二日函 斗寅言省黨部查封事較詳 叔雅且為我討債渝乙費

无一公民不應盡瘁以爲所居之社會効力（猛禎）

一月十五日（丙寅十二月十二日己酉）　土曜日（即星期六）

民國十六年　國民日記

提要

社會記事

氣候（溫度）

一月十六日（丙寅十二月十三日庚戌）

日曜日（即星期日）

人務須以其國或全國為鵠不可別有所念（惠勒斯德）

提要

社會記事

氣候｜溫度

惟精勤而後有熱望有熱望而後所得者多（乞克斯列）

提要

父芙卿府君忌辰

社會記事

氣候　雨侌

溫度

吾父芙卿府君忌辰棄小子十五周年矣

一月十七日（丙寅十二月十四日辛亥）

月曜日（即星期一）

民國十六年國民日記

無財非貧　無業爲貧（孟德斯鳩）

提要

社會記事

（氣候）日溫度

一月十九日（丙寅十二月十六日癸丑）

水曜日（即星期三）

怠惰恣肆身之災也 （明仁孝文皇后）

提要

陰曆莊履甥生日滿二十歲

社會記事

（候氣）（溫度）

民國十六年國民日記

一月二十二日（丙寅十二月十九日丙辰） 土曜日（即星期六）

（氣候）晴 （溫度）奇寒

提要

社會記事

法界公共汽車工人又罷工
會議汝為家庭辭球
夜治酒五女明日生期也舉家歡飲

士當先天下之憂而憂後天下之樂而樂（范仲淹）

調和怒裏氣謹愼喜中言斟酌醉後酒愛惜有時錢（王合鎔）

一月二十三日（丙寅十二月二十日丁巳）

禮拜日（即星期日）

民國十六年 國民日記

提要 陰曆總孫生日午時滿二十歲大

社會記事

（氣候） 晴

（溫度） 上晚於昨日而夜寒於前昨兩夜

練拳 薛勛石來談黔軍事甚詳又函交史臨川設救書遞檢臨川

存件交勛石別後臨川去

作書寄叔熾 張秋白偕昆南夜來

述趙亮午商收兵事葉開鑫所部雖能服從黨之命令實行三民主義云

長女年長學進而體不健吾夫婦愛之憂之今日特治酒飲樂

公民當視國如家視國人如其同胞（赫般頓）

一月二十四日（丙寅十二月二十一日戊午） 月曜日（即星期一） 民國十六年國民日記

（氣候） 上

（溫度） 校將口號

提要 我之誕日之前日

社會記事

緯來 午飯張術先家促其理軍事 與于哲士言黨事

蔣崇赴宣部處理雜事 與張明遠來告孫傳芳不至加兵力於吾黨部云

夜拜祖先 童時父母懷中嬉戲之狀如在目前 而明日則滿五十一歲矣 又喜又慨 吾妻吾大女五女吾孫念先皆祝我壽也 能念吾兒夫婦與龍孫 又念吾三女 又念吾弟吾妹 甥孝初在滬而拜我 愛之而思其母矣

自是者其行專自矜者其行危自欺者其行隔以汚（明仁孝文皇后）

提要

我的誕生日　寄三女書

收擬發今日發并答叙九

記事

行年五十二父母不存弟妹死三人焉而德學日落事業不立良足愧矣所幸能硜硜自守耳　本無他客伯純壽我以酒而徧卿見之遂以脉有餽遺於是有數客然客侵而主勞故不宜有客

真如來自廈門與劉君俱　劉樹杞字楚青

以書戒三女恐其居重慶而流於奢惰也發甫民并致甫民之父兄

修親族書

（氣候）陰

（温度）

一月二十五日（丙寅十二月二十二日己未）　火曜日（即星期二）

民國十六年國民日記

一月二十六日（丙寅十二月二十三日庚申）水曜日（即星期三）

民國十六年國民日記

有過能悔者不失爲君子知過遂非者小人耳（李邦獻）

提要

社會記事

氣候　溫度

開會

黄明清死弔之

民國十六年國民日記

一月二十七日（丙寅十二月二十四日辛酉）木曜日（即星期四）

家庭之間一言一動當思爲父子兄弟足法（張履祥）

提要

社會記事

寄田兒書叙永　致黃展雲福州

得鼎卿書一月五日

戒德堪毋縱欲又告以還川計畫之暫緩也又示以處置姚如母子之道

練拳　與紹陔見非士權家

為劉楚青廈門大學事受真如之託而致展雲

氣候（溫度）

一月二十八日（丙寅十二月二十五日壬戌）　金曜日（即星期五）

君子有三惜此生不學可惜此日閒過可惜此身一敗可惜（夏正夫）

提要
伯農來書函復之

社會記事

氣候　陰
溫度　寒

詣覺先午飲　詣香草師
楊秋帆來致鼎卿之喪賻款金千圓叙於是不匱
晚治蔬食祝吾妻鍾夫人壽舉家歡欣
伯農來書道其窮於遇併此而三書矣為言處貧之道及杜門窮
餓叙為貧而仕一以天君泰然為主稍稍有釣譽之見存者則錮
履皆牢騷抑鬱矣

君子以道合爲朋　小人以合己爲朋　（呂新吾）

一月二十九日（丙寅十二月二十六日癸亥）　土曜日（即星期六）

民國十六年國民日記

提要：吾妻鍾夫人誕日　伯康來書　贈顏仲卿

社會記事

伯康遺叔金百圓以叔遺之嘗拜而受之公偕任潮陽知縣

開政治委員會會議

日來傷風不愈今日則較苦也鼻塞頭稍稍畏風

夫人樂家之人皆樂也夫人滿五十二歲矣德堪潔修必念其母不已矣客少則主人閒逸

明清貧不能殮其母老矣其子僅數歲遂快函顏仲卿告以狀請為明清身後謀推以見人之情爾

真如今日偕楚青赴漢口

氣候　溫度　姓

一月三十日（丙寅十二月二十七日甲子）

日曜日（即星期日）

提要：膀病安，復生斗寅

社會記事

氣候：小雪

溫度

昨夜咳嗽頗屬，竟夜調息而沂之，晨起遲遲，似較昨日為輕減，但鼻塞如故，畏風，雖室中亦戴毛織之冠，涕流不斷。

促黃復生來診，并膀屬彼安為我促之。

報斗寅書稽遲久矣，心頗不安也，請斗寅集諸同志秘密進行四川黨務，以備清黨成功時有執行機關云。

燮卿家年飯，其夫人系六妹，邀吾夫婦共食，赴之。

楊湫帆夫婦來。

核算一月份家用，甚矣用之費也。

勤字所以醫惰慎字所以醫驕（曾國藩）

提要

鼻塞精神略爽涕有血咳有悪痰

鐵橋来以外交消息告

市有謡〻某〻謀擾亂某〻謀革命若厥真若非以見上海

非和平地矣

俄汝為公武兩俄梯雲凡以為平民學校与黨耳

社會記事

（氣候）姓

（溫度）

一月三十一日（丙寅十二月二十八日乙丑） 月曜日（卯星期一）

民國十六年 國民日記

二月一日（丙寅十二月二十九日丙寅）火曜日（即星期二）

民國十六年 國民日記

提要

公潛殷者大女致金百元而言與我私交如故
呂尊周以山西黨事見告
整飭存書

社會記事

氣候　晴

溫度

二月二日（丁卯正月初一日丁卯）（春節）

水曜日（即星期三）

民國十六年國民日記

不以所長者病人不以所能者傲人（趙謙）

提要

寄五弟書

社會記事

氣候　陰　早九時雨點十數

溫度　不寒

八時後乃起昨夜睡安也　衆國慶舊曆新年我亦循俗展拜　祖先

休暇一日謁　香草師及和卿秋帆亞南元直民南

思五弟夜作書寄之

英國撤銷租界之說甚盛而又增兵於上海香港必有詭謀

人情有所不能忍者匹夫見辱拔劍而起挺身而鬬此不足爲勇也　（蘇軾）

二月三日（丁卯正月初二日戊辰）　木曜日（即星期四）　民國十六年 國民日記

提要

得李文卿書一月二十四日發
得田兒致大女書叙州附十二月七日
得唐德安書漢口一月廿九日

社會記事

昆南来　继拳

得李文卿書斗寅及陳天民被向時俊捕繫師部大概一月十九日事也事先渝之同志被捕者十餘人云
田兒將由叙永之瀘州遂富順以書寄大女并金百元頗念我之客上海也而大女又將西還成都矣
海濵昆南次宋振家伯純与余共飯黨部　鐵橋晚来商斗寅事
德安復我書叔實復生將之南昌云
地震二次第一次正午十二時歷一分鐘許第二次下午一時歷二十餘秒鐘據天文台言發動點在鳳陽山中云震頗甚

（氣候）朝始雨竟日夜
（溫度）

一羣之利益卽個人最大之利益（優士邇）

提要

練拳汗遂微感冒飲白蘭地酒一杯愈

社會記事

氣候 朝霽

溫度

二月四日（丁卯正月初三日己巳）金曜日（卽星期五）

民國十六年國民日記

二月七日（丁卯正月初六日壬申）月曜日（即星期一）

提要

社會記事

氣候（溫度）

總覺退便是進　總覺病便是藥（陳獻章）

遭必不能免之禍當泰然自若不可擾亂其心（佛蘭克令）

提要

得三女書以吾之日月乏而急

得唐德安書內附致蔣介石函藁

社會記事

氣候

溫度

二月八日（丁卯正月初七日癸酉）

火曜日（即星期二）

民國十六年國民日記

二月九日（丁卯正月初八日甲戌）水曜日（即星期三）

大禹惜寸陰眾人當惜分陰（陶侃）

提要

得田兒書已還富順

社會記事

（氣候）（溫度）

欲善賞罰之道者必先平好惡（李光地）

二月十日（丁卯正月初九日乙亥）　**木曜日**（即星期四）

提要

得四弟書一月十九日成都言成都黨事變化狀而詢叔處置之道也
肇祖自南昌還相見甚慰別一年又半矣肇祖將戰江西可以不來上
海必請假來一視者發於情性所惜少讀書耳
得仲執書為其子之求敎者也叔遂進孝初甥而敎之

社會記事

（氣候）晴

（溫度）

無自由則國家不能存無德行則自由不能存（盧騷）

二月十一日（丁卯正月初十日丙子）　金曜日（即星期五）

提要：成四力　得仲執林書

社會記事

氣候：晴　（溫度）：稍暖

赴致柔拳社邀謌　香草師過劉玉書其母初到上海也遇羅春士於玉書家

黃明清出殯弔之

盧燮卿還自昆明与何朋初俱道滇事　得英儒復書多敷衍之詞

禮義廉恥國之四維（仲愷）北京宣布共和南北統一紀念日

二月十二日（丁卯正月十一日丁丑）土曜日（卽星期六）

提要

復四弟復堪作兩函令寄叔永宗順

綵奉 得田汝勳書

再復四弟言應付時局方法並以補昨日之未備者

復田兄沮其來上海

社會記事

（氣候）晴

（溫度）

民國十六年國民日記

二月十七日（丁卯正月十六日壬午） 木曜日（即星期四）

民國十六年國民日記

提要

得伯嚴書
得四勿書

社會記事

（氣候）（温度）

四勿得我言還之書大喜遂在杭都布置一切書來道其詳且策
將還時釋人疑忌之道莫妙以文字出之

古之大有爲者不憑意氣以衆事（方恬）

為人謀事必如為己謀事而後慮之也審（史搢臣）

提要

得伯琅書

伯琅陰曆除歲前日抵渝州來書言平安也
紹曾至述川累事相與歔欷久之

社會記事

氣候　溫度

二月十八日（丁卯正月十七日癸未）　金曜日（即星期五）

民國十六年國民日記

奢侈者衰弱國民之大原因也（巴克車）

二月十九日（丁卯正月十八日甲申）（雨水） 土曜日（即星期六）

提要

社會記事 上海大罷工未減惟法租界電車汽車及公共租界公司工廠罷工

氣候 雨

溫度

大女慶萱今日離滬還川 大女生三十年歸曾氏亦十年矣皆依吾夫婦膝下吾夫婦亦事事賴大女撫持今乃離去吾心實難怏怏觀吾妻尤如失左右手若然顧吾女有家劬哉行矣吾女惟望汝夫婦和諧偕老百年則吾與汝母之心慰矣 晚大女上船冒雨至浦東洋羅工之勢既減料明晨必不能澥

覽

練拳

真如自南昌還上海

待小人宜寬防小人宜嚴（史搢臣）

提要

社會記事

總工會通告今日下午一時起復工

氣候（溫度）

小雨不斷 夜略大

練拳劍 午後赴黨部

二月二十四日（丁卯正月二十三日己丑） 木曜日（即星期四）

二月二十五日（丁卯正月二十四日庚寅） 金曜日（即星期五）

（氣候）雨終日夜
（溫度）

提要

下午赴黨部　直魯軍渡江畢庶澄昨日至上海
得可亭書

社會記事

大女今夜乘吳淞船離滬還蜀九時頃冒雨登船船無房不得已止於統艙障布為男女之別肇祖及任宗海　俊灌縣人　章伯森曾女士同行　大女三十年在我左右今別歸非夫家義也正也我乃不忍舍愈悵惘泙異哉
過汝為遇朱某

棄約越義而生不如死（楚昭王夫人貞姜）

提要

大女未返，當已溯江而上。

继拳

得可亭書

社會記事

（氣候）（温度）

会

二月二十六日（丁卯正月二十五日辛卯）

土曜日（即星期六）

民國十六年國民日記

二月二十七日（丁卯正月二十六日壬辰）　日曜日（即星期日）

民國十六年國民日記

提要

天下事壞於懶與私　（朱熹）

得叔癡書　得伯康書　叔癡欲退居鄉間古廟其子叙九議侍之
藉以讀書吾將何以慰吾良友
得李筱亭書甚鮮溫潤之氣矣
為柏如事以書告任宗海卓伯森及大女計航程可於漢口得書遞
託江子儀轉致
得柏如自蘇門搭臘島亞沙埠來函　將寅柏琴自新嘉坡來函
言柏如遇險事

社會記事

氣候　雨

溫度

良心為正直之府　（英諺）

提要

社會記事

氣候（溫度）　会

士俊来書成都述其狀頗詳　四勿来書以偕李陸合影見寄
偕覺生海濱兩赴汝為家　夜偕理鳴由愛文義路步行還家理鳴發議
自動撤消中央黨部吾叩以理由及宣言與救黨責任付託不能答也
溥泉消極笑理鳴平居喜空論而不事、今又如此可歎也
為章柏如事寄大女書請唐穗安於漢口轉致
得寸亭及伯琨之女鏡如書

二月二十八日（丁卯正月二十七日癸巳）　月曜日（即星期一）

道德所以增益樂利者也關於一眾是謂公德關於個人是謂私德（邊沁）

三月一日（丁卯正月二十八日甲午）火曜日（即星期二）

（氣候）（溫度）陰小雪

提要

社會記事

練拳 途遇徐愈齋遂偕赴致柔拳社
午後赴黨部謁香草師遇藥庠
為五女及孝初誦書

自由固從文明來惟爲國家所限制法律所監督而後有真自由（伯資司）

提要
得曾親家書

中央未開會因時局改爲談話也

社會記事

（氣候）（溫度）

三月二日（丁卯正月二十九日乙未）水曜日（即星期三）

民國十六年國民日記

三月三日（丁卯正月三十日丙申）木曜日（即星期四）

輕浮二字是百惡之根（張履祥）

提要

體先生日 十四年陰曆乙丑年 二月初九日子時（聯樞）

社會記事

氣候 溫度

休養

猶豫事之賊也年過一年遂至片刻無餘(耶 古)

三月四日(丁卯二月初一日丁酉)(祀孔) 金曜日(即星期五)

提要

集議黨事　夜真如治酒叔家乃誠夫婦來
聞大姐赴南昌別將不忍遽至流涕其過誠可悲也
得陳銘德曾庶凡書

社會記事

(氣候),(溫度)

陰

民國十六年國民日記

三月五日（丁卯二月初二日戊戌） 土曜日（即星期六）

積財千萬不如一藝隨身（顏之推）

提要

缃湛之嫡姊今日又舉一子（去[?]報三月廿九日到上海）

社會記事

訪濟泉及洪子俶不遇遂晤濟泉　赴泰東書局晤趙南公商訂新潮書報社代銷書籍合同

楊秋帆引黃斐章偕田鳳丹來家不能避矣見之斐章納叙点應之

沐春叔一人至社

景喬之女嫁趙先生之次子嘉述安東去年來滬數至吾家今日乃相見

（氣候） 晴

（溫度）

一九二七年

以德得名以學保之（柏拉圖）

三月六日（丁卯二月初三日己亥）（驚蟄）　日曜日（即星期日）

民國十六年國民日記

提要

社會記事

（氣候）晴　夜雨

（溫度）夜寒

真如返廈門送之　与海濱爽　途遇香草师

晚陳銘德曹庶凡告以泰東書局代銷合同經過并寄之合同收據

覆書

子儀來說乙以事　周亞南約晚餐

浮躁最害事 輕假亦然 昏惰亦然（胡敬齋）

三月七日（丁卯二月初四日庚子） 月曜日（即星期一）

提要

（氣候） 雨自朝至暮 （溫度）

社會記事

上午昆南來偕赴黨部討事 正午往奠亞南之外太夫人

下午兩次赴黨部 理鳴亦登報脫離黨事關係 吾於濤泉既無責於理

鳴又何責耶 先予儼薌之旋冒雨訪之不遇 遂過詠薰

海濱聞共產黨因報等而對海濱較甚 遂不到黨部 我不謂然 以戲諷之

勤勵不息身之德也（明仁孝文皇后）

三月八日（丁卯二月初五日辛丑）　火曜日（卯星期二）

（氣候）陰午雨始

（溫度）

提要

社會記事

彭乾剛来吾始知必謙之八女在巴黎狀吾因事未能訪毓秀晚遂赴毓秀託其謀從一恂匿國也

得三女書知其悲痛過人不淑如此耶一未使吾其知也

得大女漢口片二日安氐漢口吾夫婦及五女皆慰

練拳　得江雨卿戊錦江船二日氐漢口

下午赴汝為處議如不議也

民國十六年國民日記

自由以法律整理積極力也僞自由則無窮無限制消極力也（夫遜士）

三月九日（丁卯二月初六日壬寅）
水曜日（即星期三）

（天候）晴
（温度）

提要
臨四分季陸

社會記事

錢秀來　張緒光來　午後到黨部
久不臨四分季陸矣今臨六略

毋視表面而判斷（英諺）

提要

社會記事

（氣候）（溫度）

三月十八日（丁卯二月十五日辛亥）

金曜日（即星期五）

民國十六年國民日記

三月十九日（丁卯二月十六日壬子） 土曜日（星期六）

智者不冀僥倖以要功（燕丹子）

提要

紀念記事

氣候 溫度

得三女書陰正月廿五日寄慶遂被廷修視家請其謀補救之道否則肅氏與吾女之情感必陷非不可說矣又寄書三女并鈔致其舅書示之

人生無論所處何地皆有當然之義務（張只遜）

提要

社會記事

氣候　溫度

三月二十日（丁卯二月十七日癸丑）

日曜日（卽星期日）

民國十六年國民日記

三月二十一日（丁卯二月十八日甲寅）（春分）　月曜日（即星期一）

提要

社會記事　午後罷工

（氣候）晴

（溫度）

北伐軍迫上海周蔭人部退江北　午後閘北同志攻商務印書館之曾
軍畢庶澄部欲繳其械遂激戰入夜四處鎗聲蓋閘北南市有別動隊
紛紛繳保衛團及警察之械矣
五女竪朱九妞入學校火車已不通遂如我言相偕還家是能處亂時
矣吾妻大慰吾尤喜之
閘北寶山路大火

既與人同樂亦不得不與人同憂（世說新語）

提要

昨夜各區同志紛起攻魯軍殘部及警署中央制止之不聽午夜三時報告皆來同志困乎苦矣然北伐軍已至而敵之大勢已去何勞紛紛為也

偕覺生訪于範亭遂至江南晚報館午後季訥來探我安危遂偕季訥至香草師家

寶山路火竟夜不息蓋鎗彈横飛救火者罔敢前也

決定暫停止黨部辦公數日

社會記事

、罷工

氣候 晴

溫度

三月二十二日（丁卯二月十九日乙卯） 火曜日 （即星期二）

民國十六年 國民日記

三月二十三日（丁卯二月二十日丙辰） 水曜日（即星期三）

民國十六年 國民日記

爲無益之事雖勤猶怠（英諺）

提要

社會記事：工罷

氣候：雨

溫度：

閉門未外出然與同志互通消息亦無暇時

遇詭詐人變幻百端以至誠待之彼術自窮（光涵中）

提要

閉門未出午後覺生来覺生病畧失知覺約五分鐘蓋勞之過也

社會記事

羅工者未盡復工也

（候氣）

小姓

（温度）

三月二十四日（丁卯二月二十一日丁巳）

木曜日（即星期四）

民國十六年 國民日記

人既知愛生命則勿浪費時日時日者造生命之原料也（佛蘭克令）

三月二十五日（丁卯二月二十二日戊午）（春社）（祀關岳）金曜日（即星期五）

民國十六年國民日記

提要

憶君年 倦

社會記事

（氣候）（溫度）

陰

約午後一時赴汝為家

以偉大思想發汝精神（畢困士腓特）

三月二十八日（丁卯二月二十五日辛酉）　月曜日（即星期一）

民國十六年國民日記

（氣候）陰雨

（溫度）

提要

社會記事

寄田兒大女成都書上海日來形勢足使遠道傳聞者驚駭故寄書以慰兒女

又成諭五女以江灣情形

代吾夫人作書報四叔之母

董摩普來知叔實已離南昌還四川

三月二十九日（丁卯二月二十六日壬戌）　火曜日（即星期二）

太急與良好不能並立（德諺）

提要

餞伯琨及伯農姪

得肇祖函復之

社會記事

黃花岡七十二烈紀念日

（氣候） 晴

（溫度）

得德堪來稟稱其嫡婦於三月五日舉一子來請名吾夫婦大喜名之曰誠矩先譜名曰聯楷德堪又言本生祖母林太夫人葬地及本生祖父祖父母不還葬云德堪亟盼吾夫婦還鄉特置田宅為居食之所　我七姑年老多病而貧吾父弟兄姊妹十一人僅七姑尚存恨我不能還家省視德堪知仰體先人手足之愛凡吾本生母林太夫人為吾姑備棺衾而須增製者德堪皆力任之陰曆二月初五日七姑生辰又侍吾弟往祝我心稍稍安矣

開會決定排覺生訪介石

肇祖姪接排長職來書探我安危亟復書慰之勉之

道邪侵是富家教子弟一卷一道識恥非是貲家教子弟一卷（溫寶忠母）

三月三十日（丁卯二月二十七日癸亥）

水曜日（即星期三）

民國十六年國民日記

提要

社會記事

氣候（　）溫度（　）

灶

勤以得之儉以守之勤而不儉無異左手拾而右手撒也(彌爾敦)

三月三十一日(丁卯二月二十八日甲子) 木曜日 (星期四)

提要

社會記事

(氣候) (溫度)

姓

善莫大於恕德莫凶於如（仲國滸）

提要

得三女京　得勒山緘

社會記事

上午赴虹口辦事處議工會事　下午赴黨部

氣候　陰　下午雨

溫度

四月一日（丁卯二月二十九日乙丑）　金曜日（即星期五）

民國十六年 國民日記

四月二日（丁卯三月初一日丙寅）土曜日（即星期六）

民國十六年國民日記

提要

陰曆 介眉生日 丑時

得大女及任宗海陳文傑函

社會記事

（氣候）陰 小雨 微雨

（溫度）

大女三月十三日過萬縣次日由涪州來家報平安詳述在宜昌匪劫之故宗海文傑則抵渝後發函於以知大女已於十四日安達重慶矣

上午下午客至赴黨部

人生最高貴之意思公共幸福是也（而梅博）

提要

禾田兒（叙永）及其婦雯瑜

禾德和姪　殷萬黄棠

社會記事

總工會今今日罷工

未涨

（氣候）

（溫度）

下午訪覺生　午前午後客至　黄季昌来見潘樹芳介伍之黄言青陽赴廬

山將来上海

五女偕朱一恪入學校　洪子儀来

四月三日（丁卯三月初二日丁卯）

日曜日（即星期日）

民國十六年

國民日記

天下無論何事但人所能爲者則我自無不能之理（古淵）

四月四日（丁卯三月初三日戊戌）月曜日（即星期一）

提要：版可亭

社會記事：明日將大罷工
昨日漢口擣毀日本租界

（氣候）（溫度）晴

朝偕陳子楓訪覺生見報載介石交政於精衛電精衛而出未可忽視也梅濱出至遊定明日在吾家會商

午後赴黨部　訪詠藂

智識愈淺自信愈深（英諺）

四月五日（丁卯三月初四日己巳）火曜日（即星期二）

提要

社會記事

氣候 （溫度）

天下事不進則退（英諺）　國會開幕紀念日

四月八日（丁卯三月初七日壬申）

金曜日（即星期五）

提要

社會記事

氣候（溫度）

在我既實見以爲是即當置毀譽於度外（畢達哥拉斯）

提要

三女至瀘

社會記事

三女至瀘吾夫婦憂喜交骈先是吾得嶷公牋知三女雖東下顧未敢使吾妻鍾夫人知也今忽至故吾妻之憂且急什伯於公憾三女夫婦因是益芥蒂德堪妻妾聞事今始知之德堪何可勝責吾念婉如吾念我孫志先

氣候（溫度）

陰

四月十五日（丁卯三月十四日己卯）

金曜日（即星期五）

民國十六年國民日記

四月十六日（丁卯三月十五日庚辰）　土曜日（即星期六）　民國十六年國民日記

能守法律則法律保護之（法律金言）

提要

孝初赴復旦大學爲告五女以三女還滬午后五女歸

社會記事

（氣候）晴　（溫度）

小人當遠不可顯爲讎敵君子當親不可曲爲附和（申涵光）

四月十九日（丁卯三月十八日癸未） 火曜日（即星期二）

提要

社會記事 國民政府昨日在南京辦公

氣候 雨

溫度

昨夜夢遺甚憊蓋私欲不能自克也
龍句子来奕三局我一敗二勝
清黨之氣頗振惜主軍政者挾智任術舍大路不由而以偽先天下
吾人守西山會議之正初無所損益然欲導天下於正不察南
轅北轍耶故為國須識大體

四月二十日（丁卯三月十九日甲申）

水曜日（即星期三）

提要

三女以長牋呈其舅姑欲以挽救甫氏之失德

社會記事

（氣候）

（溫度）

病從口入　禍從口出（傅元）

自由者以不侵犯他人之自由為界（默智兒）

提要

社會記事

氣候　溫度

四月二十一日（丁卯三月二十日乙酉）（穀雨）

木曜日（即星期四）

民國十六年國民日記

四月二十二日（丁卯三月二十一日丙戌）金曜日（即星期五）

機會失於躊躇（撒伊拉士）

提要

社會記事

氣候　溫度

得羅廷修親家函情意殷然

無忽久安無懼初難（呂近溪）

四月二十三日（丁卯三月二十二日丁亥）土曜日（即星期六）

民國十六年國民日記

提要

午萱野台飲赴之美和作次郎未涎也
赴致柔孝社

社會記事

（氣候）（溫度）

四月二十四日（丁卯三月二十三日戊子）

日曜日（即星期日）

（氣候）（溫度）

提要

社會記事

可憐之人皆不自憐之人故無爲人所憐（高深甫）

得自由之後非經過若干歲月則不知自由之道（馬可黎）

四月二十五日（丁卯三月二十四日己丑）

月曜日（即星期一）

民國十六年國民日記

提要

午後赴虹口會議費半日功夫等於不議

得大女書陰三月初二日氐成都矣四勿出東門迎於牛市口吾夫婦喜吾女与其夫之和大慰

社會記事

氣候　溫度

姓

過而能悔悔而能改君子之上修也（吳毓芬）

四月二十六日（丁卯三月二十五日庚寅）

火曜日（星期二）

民國十六年 國民日記

提要

發四勿寄大女書

社會記事

（氣候）晴

（溫度）

勿以阻礙廢初志　（細士比尼）

提要

寄田兒書

社會記事

氣候　溫度

四月二十七日（丁卯三月二十六日辛卯）　水曜日（即星期三）

民國十六年國民日記

有字之法律本於無字之法律無字之法律公理是也（米拉的）

四月二十八日（丁卯三月二十七日壬辰） 木曜日（即星期四）

民國十六年 國民日記

提要 社會記事

氣候 溫度

姓

得梅谷函（二十日廣州）代公潛匯六十元銀幣寄我

函可亭伯申

赴虹口覺生家商致函萱野

午後赴中央黨部 帰訪理鳴

四月二十九日（丁卯三月二十八日癸巳） 金曜日（即星期五）

民國十六年國民日記

傲慢者不愛人亦不愛於人（英諺）

提要

社會記事

將明西南有饒聲

氣候 溫度

楊南生來道粤狀吾念公諸將求其行蹤於南生而南生不之知也

与南生弈四局三北

清釐出納之記錄

練拳

已所不欲勿施於人者自由之界限也（法革命黨宣言書）

四月三十日（丁卯三月二十九日甲午）　土曜日（即星期六）

民國十六年 國民日記

提要

練奉 繳第六軍之械繳實

得唐德安南京函 已與敬修史南京命籌備四川黨務

結算經手公款帳目 環龍路四十四號中央黨部縮小範圍 當事〻有一結束也

午後赴中央黨部

得湘泉函 大陸報

社會記事

晨三時半至黎明西南有炮聲

氣候　晴

溫度

宗族親戚賢者愛而敬之否者無失其親（張履祥）

提要

得真如函已任廈門大學文科主任　律孝

清楚出納

劉子若自南京返上海來見老友情殷殷

午後歷訪青陽廣唐炳光百城不遇遇於功德林葉香石約飯也

政治部封閉上海大學過矣

社會記事

漢口外交竟以屈服於五國聯高手

氣候 晴

溫度

五月三日（丁卯四月初三日丁酉）

火曜日（即星期二）

民國十六年國民日記

重貲財薄父母不成人子（朱用純）

五月四日（丁卯四月初四日戊戌）

水曜日（即星期三）

民國十六年國民日記

提要

社會記事

氣候

溫度

為孫甑陶還粵餞湘芹

約海濱赴覺生家午後与山田奕二局而北返還

社會第一要著在脫野蠻之自由（亞里士多德）

五月五日（丁卯四月初五日己亥） 木曜日（即星期四）

提要

社會記事

（氣候）（溫度）

晴

昨夜小雨 本日為本黨復五節 中央黨部開慶祝紀念會午前十時往禮成而返

理鳴來談 敘稱松返自杭州言貽倩猶拘禁未出遂牋靜江表初我已三牋表初不一報復也

為黃振家還閩牋辰雲

民國十六年 國民日記

五月六日（丁卯四月初六日庚子）（立夏）
金曜日（即星期五）

提要

社會記事

氣候（溫度）

姓

偕德安敬修訪葉香石遂赴滄洲旅館慰問錦帆蘊蘭子寓華偉庶氏毅

晉古枝　練拳

午後偕理明赴覺生家遂又偕赴滄洲旅館錦帆病拘攣甚衆醫者

謂為神經失覺幸能治觀於錦帆令人感歎

在方為張為水手附日本輪船由重慶東下以今日達上海閱日十四耳

太辛苦矣吾四月八日四月十八日兩無綫電皆未到渝故長江下游消

息四川不知在方為叔言川事甚詳

同公謀趙石龍來

窮當益堅　老當益壯　（馬援）

提要

叔凝書來竟閱二十餘日始達　律拳

為陳簡氏還潮汕欣古湘芹

得仲執緘，代四勿匯二百元寄我

社會記事

（氣候）｜（溫度）

姓

五月七日（丁卯四月初七日辛丑）　土曜日（即星期六）

民國十六年國民日記

五月八日（丁卯四月初八日壬寅）

日曜日（即星期日）

民國十六年 國民日記

能恬適者可長生（前律師）

提要

社會記事

氣候｜溫度

姓

午德基召飲赴之午後赴拳社明日張三丰祖師誕辰學拳諸子醵
金於今日豫祝設供以獻遇李木公李斐君昆仲亦學拳而欲我演所
學以飲以歡歡然相酬酢也歸家已夜九時
是日社員之練拳者以王氏女公子為最活潑此女病虛弱幾至不治練拳
而起今則健潤異常矣其年十六

內外協和然後國家可安（王羲之）國恥紀念答復日本要求二十一條

提要

社會記事

晚與青陽德安等九人為主治酒宴客

（氣候）（溫度）

姓

五月九日（丁卯四月初九日癸卯）

月曜日（即星期一）

民國十六年國民日記

眞實者寡言　虛偽者多辯　（德諺）

五月十日（丁卯四月初十日甲辰）　火曜日（即星期二）

民國十六年國民日記

提要

晚梅谷伯康亟欲得公潜之安危也　復謝循初緘

与鉛曾竹軒奕夜復事消遣我大負

陳卓民自荷蘭還國来訪怒剛丞休恢權言如少璩皆来

社會記事

（氣候）（溫度）

人各有過（西疲羅）

五月十一日（丁卯四月十一日乙巳）　水曜日（即星期三）

民國十六年國民日記

提要

社會記事

氣候：陰　溫度

夜雨

子超脱廬山之險来滬訪之東亞旅舍還吳鐵城子超精神爽然而髮与髭則愈皤然白矣遂赴通易

晚飯海濱家

五月十二日（丁卯四月十二日丙午） 木曜日（即星期四）

（氣候） 雨止 夜雨

（溫度）

提要

社會記事

楊其昌名欽赴之所謂李仲弓者得辨其面目
朱端丞至上海蓋自武昌逃也其體則加胖矣
夜與德安敬修紹曾為竹戲消遣深夜一時乃息違消遣之義矣

欲人勿聞莫若勿言欲人勿知莫若勿爲（史搢臣）

五月十五日（丁卯四月十五日己酉）

日曜日（即星期日）

提要

又有漢口陷落之說　蒙獨醒同志来道及党事西山會議之關係今始了然也　乃誠暨趙謹卿之子啟鄞名震庭束鹿縣南十五里馬莊人来談至久皆學校家常瑣事

社會記事

氣候｜溫度

会

民國十六年國民日記

兩害相權已輕從重（斯賓塞）挪威初立國政日

民國十六年 國民日記

五月十六日（丁卯四月十六日庚戌）　月曜日（即星期一）

（氣候）陰　（溫度）

提要

得伯琅三台書並覆之

社會記事

直不近禍　廉不沽名　（柳玭）　日斯巴尼亞國慶

五月十七日（丁卯四月十七日辛亥）　火曜日（即星期二）

民國十六年國民日記

提要

社會記事

（氣候）（溫度）

姓

長岷叔處又鈔錢幣往来數目奉寄
六時赴汝為家聽梯雲遂留飯

和以處衆恕以待人（李邦獻）

五月十八日（丁卯四月十八日壬子）

水曜日（即星期三）

民國十六年國民日記

提要

社會記事

（氣候）（溫度）

清理中央黨部紛亂卷宗晚誤權言如來商工會電稿

姓

一國之強弱視人民之德行（斯邁爾）　古巴民主紀元日

五月十九日（丁卯四月十九日癸丑）　木曜日（即星期四）

民國十六年 國民日記

提要

寄梓春書重慶　假陳樂三梅寧

四川同志開會討論黨事赴之

三女及侖兒病侖兒病輕隨愈

北伐軍已得明光揚州可喜也

社會記事

（氣候） 晴

（溫度） 較往日熱

五月二十二日（丁卯四月二十二日丙辰）（小滿）

日曜日（即星期日）

有一分矜張便有一分挫折（胡氏弟子箴言）

提要

社會記事

（氣候）（溫度）

還少許之債負得多分之信用（英諺）

提要

得四勿書

社會記事

（氣候）｜（溫度）

晴

五月二十三日（丁卯四月二十三日丁巳）

月曜日（即星期一）

民國十六年國民日記

收斂此心　緊束此身　（胡樹甫）

五月二十四日（丁卯四月二十四日戊午）　火曜日（即星期二）

民國十六年國民日記

提要

朕大女暨其夫四勿報平安且祝四奶母來下弁正其大會之誤

社會記事

（氣候）晴

（溫度）

道德為保護自由之本（司美士）阿根廷共和獨立紀念日

提要

寄德堪夫婦書，報滬寓平安，且戒德堪勿東來

社會記事

（氣候）（溫度）

姓

五月二十五日（丁卯四月二十五日己未）

水曜日（即星期三）

民國十六年國民日記

雄心而又習於辛勞則種種艱巨皆莫能阻（花拉司）

五月二十六日（丁卯四月二十六日庚申）　木曜日（即星期四）　

提要

得大女致孝初書 四月廿六日

得季陸書 以都

社會記事

從今日起又赴拳社學習指正 若四旬不可一日無師 豈惟拳然
立三約午飯應之 費時三時 又過青陽通一 還家已五時後矣
吳山將之南京來見 談及本黨統一事 辭氣偏於南京 若欲曲[illegible]龍
路中央以徇南京中央京者 吳山論事大抵如斯 莫足責 而我則言必
高抗 又莫為者 恐涉傳誤 遂為書寄之 以實吾言
大女生三十年未離父母 今忽離 則念吾夫婦 望其女弟之書必甚切
故至陰三月十的而不得五女書 遂著急 發為傷心之言 吾夫婦如

於是思女

季陸書來 頗勃勃有生氣

氣候（晴）溫度（　）

增廣知識在立志不在年齡之多（士達拉許）

五月二十七日（丁卯四月二十七日辛酉）

金曜日（即星期五）

提要

社會記事

（氣候）（溫度）

民國十六年國民日記

五月二十八日（丁卯四月二十八日壬戌）土曜日（卽星期六）

提要

社會記事

氣候｜溫度

事有是非——律以公平之眼光視之謂之正直（惠物司德）

愛自由者入之天性也然往往過度而陷於放逸（斯賓塞）

五月二十九日（丁卯四月二十九日癸亥）

日曜日（即星期日）

民國十六年 國民日記

提要

在家練拳

午後林直勉来执書欲狂也與黨部議事

夜飯汝為家謝湖南清索

社會記事

（氣候）晴

（溫度）

合天下之私以成天下之公（顧炎武）

五月三十日（丁卯四月三十日甲子）　月曜日（即星期一）

民國十六年 國民日記

提要

晨六時半起程赴本社九時後往視錦帆病錦帆見我而感傷流涙我亦泫然

敬齋来午飯後偕覺生訪炎午還家客績々而至至於九時

賈小侯將還長安来請善視岳西峰也

社會記事

上海舉五卅紀念全市休業

氣候（温度）

晴

導訣之言不可聽至公之論不可忽（秀德眞）

提要

社會記事

（氣候）（温度）

五月三十一日（丁卯五月初一日乙丑）

火曜日（即星期二）

民國十六年 國民日記

民國十六年國民日記

六月三日（丁卯五月初四日戊辰）　金曜日（即星期五）

提要

社會記事

（氣候）（溫度）

君子愛財取之有道（洞山禪師）

不辱其身不遠其親(明仁孝文皇后)

六月四日(丁卯五月初五日己巳)(夏節) 土曜日(即星期六)

民國十六年國民日記

提要

社會記事

(氣候) 陰

(溫度)

上午八時半赴黨部，十二時還。倦甚，昨夜睡遲也。得趙鐵橋南京函，言張靜江提案恢復吾人黨籍，靜江用意在個人而不在黨，所為非所贊許者，遂本此旨函復鐵橋。梅右函告將來上海。端節，約鄉人晚餐，欲減客愁耳。

六月五日（丁卯五月初六日庚午）

日曜日（即星期日）

不能制己而欲制人愚也（拉伯沙）

提要

社會記事

（氣候）（溫度）

欺友之人決不能盡忠報國（基盤來收師）

六月六日（丁卯五月初七日辛未）

月曜日（即星期一）

提要

整理本黨第二次代表大會議事錄而歎季陸之誤也

午與子超覺生海濱連名治酒飲晉豫秦直同志

社會記事

氣候

溫度

姓

六月十三日（丁卯五月十四日戊寅）（霜中）月曜日（即星期一）

提要

社會記事

氣候（溫度）

失名舉而得利益猶損失也（撒伊拉士）

一人之利害即一國之利害（克希典）

提要

陰曆五弟生日滿三十五歲

社會記事

氣候　溫度

六月十四日（丁卯五月十五日己卯）（穫中）　火曜日（即星期二）

民國十六年
國民日記

六月十九日（丁卯五月二十日甲申）（羅中）

日曜日

（即星期日）

教人如何可効力於國家斯爲教育上最貴之道（巴而區）

提要

得大女寄三女書 陰四月廿七日成都

社會記事

介石展堂協和靜江煥章會於徐州

（氣候） 陰雨

（溫度）

有誠讓之德則種種無謂之心病可得自治矣（孟德葛）

提要

得叔癡賤五月十五日重慶

社會記事

氣候 溫度

雨

六月二十日（丁卯五月二十一日乙酉）（雜中）月曜日（即星期一）

民國十六年國民日記

六月二十一日（丁卯五月二十二日丙戌）（霉中）火曜日（即星期二）

瞻族之次郎在瞻（姚舜牧）

提要

社會記事

氣候 陰雨

溫度

得四勿書五月廿三從都報以長殁 得大女寄五女書陸四月廿二逾後殁

慰之 殁伯服循初

得鄧和卿从北下関江水之函耗

上香草師書勸其還上海

聲色敗德之具（李邦獻）

提要

社會記事

氣候　溫度

六月二十二日（丁卯五月二十三日丁亥）（夏至）（霧中）水曜日（即星期三）

民國十六年國民日記

七月十七日（丁卯六月十九日壬子）（初伏中）日曜日（即星期日）

傲慢者不愛人亦不愛於人（英諺）

提要

社會記事

氣候｜溫度

大勇者視天下無不可爲之事（羅信南）

提要

社會記事

孝初赴日本將学於陸軍士官学校黎明上船

（氣候）（溫度）

七月十八日（丁卯六月二十日癸丑）（初伏中）月曜日（即星期一）

民國十六年
國民廿紀

八月四日（丁卯七月初七日庚午）（末伏起）木曜日（即星期四）

不經意之爲害比無識爲大（佛蘭克令）

提要

陰 二妹適鄭生日紀念

社會記事

（氣候）

（溫度）

任恤睦婣根於孝友（王集敬妻劉氏）

提要

社會記事

氣候（溫度）

八月五日（丁卯七月初八日辛未）（末伏中）金曜日（即星期五）

九月二十九日（丁卯九月初四日丙寅）　木曜日（即星期四）

處己接物常懷慢心僞心妒心疑心者皆自取輕辱於人君子不爲也（袁君載）

提要

社會記事

氣候　（溫度）

九月三十日（丁卯九月初五日丁卯）

金曜日（即星期五）

民國十六年國民日記

人不可孤立孤立則危（張履祥）

提要

陰曆淑履生日滿十七歲

社會記事

氣候

溫度

十月十三日（丁卯九月十八日庚辰）

木曜日（即星期四）

民國十六年國民日記

提要

社會記事

（氣候）（溫度）

凡處事須視小如大又須視大如小（陸世儀）

十月十四日（丁卯九月十九日辛巳）

金曜日（即星期五）

民國十六年 國民日記

提要

陰曆 孝初甥生日滿十九歲

社會記事

（氣候）（溫度）

節食優於醫師之診治（英諺）

十一月二十二日（丁卯十月二十九日庚申） 火曜日（即星期二）

德莫高於博愛人（賈誼）

提要

社會記事

（氣候）（溫度）

姓

南京由市黨部發起在公共體育場開會慶祝西征軍討唐生智之勝利有反對中央特別委員會之人口喊取消中央特別委員會打倒西山會議派等口號黨務學校教職員學生及黃埔軍官學生由上海來京四十餘人實鼓煽之將散會槍聲忽作聞死傷不少其時我與梅濱適游采石磯三台洞還蘭居京寓忽得此消息大驚悼以為死傷者可哀而黨國之不祥也

山儉入奢易　由奢入儉難　(張知白)

十一月二十三日（丁卯十月三十日辛酉）（小雪）

水曜日（即星期三）

提要

中央特別委員會人數不足在京委員不足者一人故開談話會約潘宜之入席共討論昨日討唐勝利大會館殺案辦法李委員協和報告據軍警報告由在會場外河邊樹下船旁有穿西服若先放冷槍秩序遂亂軍警放空槍示威而羣衆中有放槍者傷學生人民兵士軍馬死者數人宜之言有團附受傷甚重繼討論約兩小時竟無結果遂散

社會記事

（氣候）晴

（溫度）

患難雖不能令人富然能令人賢（英諺）

十一月二十四日（丁卯十一月初一日壬戌）　木曜日（即星期四）

（氣候）（溫度）

姓

提要

社會記事

標語傳單滿坑滿谷今日且明白射及叙與海濱覺生理鳴沐波諸人午後更進一步藉昨日公共體育場開會案羅織異己而謂叙與海濱理鳴覺生為主使殺人沐波昆侖及張幹之卓濤宜之金嘉斐任西萍葛建時等為實施殺人且具呈國民政府正式控訴而請願矣政治果齷齪之事耶不幸吾黨內部亦隳落至此可歎息也

小過不改大惡形焉（明仁孝文皇后）

提要

政府會議我與海濱提議迅辦二十二日之肇亂者委員皆以其牽涉之大相視無所決遂散會可謂大奇慘禍已成肇禍者已藉案張網肆行羅織而政府猶延擱不定辦法其極必不堪問退與海濱商決去南京所以避禍也

社會記事

氣候（溫度）

十一月二十五日（丁卯十一月初二日癸亥）　金曜日（即星期五）

民國十六年 國民日記

愛國者不謀身周人者不私己（華邦獻）

十一月二十六日（丁卯十一月初三日甲子）

土曜日（即星期六）

提要

社會記事

（氣候）晴

（溫度）

去南京還上海不欲復返南京晨九時半乘火車而東下午五時抵上海政爭亂之源也吾不人競吾不能止亂惟退而息耳人或視我為弱易與者弱何傷豈惟易與又何傷能脫煩惱即是清福

克己自不作物始（羅信甫）

十一月二十七日（丁卯十一月初四日乙丑）

日曜日（即星期日）

民國十六年國民日記

提要

志先滿周歲 去年陰曆係十月廿三日庚申辰時 聯極

社會記事

氣候（溫度）

十一月二十八日（丁卯十一月初五日丙寅）　月曜日（即星期一）

敖不可長欲不可從志不可滿樂不可極（禮記）

提要

社會記事

（氣候）（溫度）

天下之最可寶貴者無如時日天下之最爲奢侈者無如浪費時日（利著特）

提要

母華太夫人生辰紀念

社會記事

氣候 **溫度**

夏曆母華太夫人生日紀念吾母如至今健在若滿八十歲矣兒孫之樂吾母之樂寧可限量今惟望家山遥祭思慟何如

十一月二十九日（丁卯十一月初六日丁卯） 火曜日（即星期二）

民國十六年國民日記

公民權利與公民義務乃高貴之觀念有之則愛國之心愈得力矣（明梯斯）

十一月三十日（丁卯十一月初七日戊辰）

水曜日（即星期三）

民國十六年國民日記

提要

社會記事

氣候 溫度

兵家勝敗在最後之十五分鐘（拿破崙第一）

提要

本生母林太夫人生辰紀念

社會記事

氣候

溫度

夏曆今日母林太夫人誕生紀念如不棄兒孫者則七十三上壽矣率家人拜祭

十二月一日（丁卯十一月初八日己巳）

木曜日（即星期四）

十二月二日（丁卯十一月初九日庚午）

金曜日（即星期五）

提要

本生父鏡湖府君忌辰

社會記事

（氣候）（溫度）

夏曆今日忌日也吾父鏡湖府君棄小子二十九周年矣供祭

責己者可以成人之善責人者適以長己之惡（許平仲）

提要

社會記事

氣候（溫度）

十二月三日（丁卯十一月初十日辛未）

土曜日（即星期六）

民國十六年國民日記

十二月六日（丁卯十一月十三日甲戌）　火曜日（即星期二）

提要

吾母華太夫人忌辰

社會記事

陰曆今日母華太夫人棄兒孫而逝之紀念祭日也設位率妾女孫女祭

氣候　溫度

粗暴非勇（英諺）

提要

社會記事

氣候　溫度

十二月七日（丁卯十一月十四日乙亥）

水曜日（即星期三）

民國十六年國民日記

十二月十六日（丁卯十一月二十三日甲申）

金曜日（即星期五）

民國十六年 國民日記

提要

本生母林太夫人忌辰

社會記事

氣候（中）溫度

中午設供祭吾母林太夫人，蓋誤為明日甚矣不肖之荒也

人生成功之訣，即對於應辦各事，皆盡忠誠是也（狄思雷列）

君子非非人弗與之言（徐偉長）

十二月十七日（丁卯十一月二十四日乙酉）　土曜日（即星期六）

民國十六年國民日記

提要

陰曆四弟生日紀念

社會記事

氣候

（溫度）

供生花水果糖餅祭吾母林太夫人，棄小子五周年矣，而猶未葬

十二月十八日（丁卯十一月二十五日丙戌） 日曜日（即星期日）

防惡人難於防火（葡諺）

提要 社會記事

得電十六日北伐軍第一軍九軍四十軍克徐州

（氣候） 今午前後夜微雨

（溫度） 微寒

汪精衛昨日已去國赴美洲為恐自害雖去而國之亂黨之亂不可止矣

晚孫謝南呂渭生謝昭倩過海濱叔至朗理鳴小岑先到決定海濱沐波赴南京一行

自滿者敗自立者愚自賊者忍（李邦獻）

十二月十九日（丁卯十一月二十六日丁亥）

月曜日（即星期一）

民國十六年國民日記

提要

社會記事

（氣候）（溫度）

十二月二十日（丁卯十一月二十七日戊子）　火曜日（即星期二）

致富之難在最初所積之萬金（亞士他）

（氣候）陰（溫度）

提要

居三妹來告

三妹在成都日事遊樂吾重念之非見面不便規箴也

社會記事

安樂有致死之道憂患爲養生之本（李邦獻）

提要

社會記事

（氣候）（溫度）

夜溫度忽高

十二月二十一日（丁卯十一月二十八日己丑）

水曜日（即星期三）

十二月二十二日（丁卯十一月二十九日庚寅） 木曜日（即星期四）

（氣候） 晴

（溫度） 較温

社會記事

勤務於家（赫胥黎）

提要

改正致國民政府常務委員書

大女明日滿三十歲自生以來不在吾夫婦之側而度生辰今年為第一次吾念之吾婦念之吾次女念之遂作書慰大女並訓其處世接物

發心莫善於誠 （術卿）　雲南倡義擁護共和紀念日

十二月二十五日（丁卯十二月初二日癸巳）

日曜日（即星期日）

提要

社會記事

（氣候）侌

（溫度）

午後游大世界訪相術家劉雲谷便聽大鼓觀紹興劇挨孫女合

先往偕游者徐可亭許少琰

民國十六年國民日記

十二月二十六日（丁卯十二月初三日甲午） 月曜日（即星期一）

民國十六年國民日記

（氣候）晴 （溫度）

提要

社會記事

得季讓妹丈來書，數年不通問，書來甚喜，聞明年春來上海，益不知我之引退。

晚可亭召飲杏花樓，京調旨美。

得斗寅、育仁書，李獻文、黃佛公自蜀來也。

舌者禍福之門也（老聃）

好人　人亦道其惡好憎人者亦為人所憎（說苑）

十二月二十七日（丁卯十二月初四日乙未）　火曜日（即星期二）

民國十六年國民日記

提要

訪振生德鄰詢其對於黨之觀察
午子超台飯功德林　晚壽錫卿於功德林
過汝為約錢塘共赴汝為家
得馬彬書

社會記事

（氣候）（溫度）

晴　夜北風頗大

以責人之心責己則寡過以恕己之心恕人則全交（林 逋）

十二月二十八日（丁卯十二月初五日丙申） 水曜日（即星期三）

提要

社會記事

客來自朝至於午後二時南生蕭同滋方治許兆龍許少琛任子昂尹子勤及李筠仙之女婿王某

得陳抱一張挺生書子昂爲摸來也

（氣候）晴

（溫度）

養性奢廉伐德（明仁孝文皇后）

提要

社會記事

氣候　溫度

十二月二十九日（丁卯十二月初六日丁酉）

木曜日（即星期四）

民國十六年國民日記

十二月三十日（丁卯十二月初七日戊戌） 金曜日（即星期五）

（氣候）晴

（溫度）

提要

·

午展堂约飲酒以将藉是議事赴之而竟未議事客既散我舉黨事詢之展堂則謂黨事雖敗壞然黨未至遽亡所見略異於我

晚覺生约飲相與歎張言如同志被拘事義當設法脫之

社會記事

善始者善終（英諺）

成功固於最堅忍者（拿破崙）

提要

梓春生日在上海友生治饌功德林壽之

夜觀崑劇十二時後劇終還寢已丑刻矣此數年來之第一次也

得叔凝箋

社會記事

（氣候）（溫度）

十二月三十一日（丁卯十二月初八日己亥）

土曜日（即星期六）

民國十六年
國民日記

民國十七年要事表

一國之強弱視人民之德行（斯邁爾）南京政府成立紀念日

一月一日（丁卯十二月初九日庚子）

陰晴 （即星期日）

提要

中華民國十七年元旦早起設 先祖位拜家人以次皆拜
去年又荒忽過去而年歲增長學不進事功不立荊棘則愈多雖
然吾何憂本素志而行利鈍任命可已
覺生海濱来 可亭来 理鳴来
昨夜觀崑劇晏歸今晨晏起終日游放夜集在滬親故飲啖

社會記事

（氣候） 小晴

（溫度）

一月二日（丁卯十二月初十日辛丑）月曜日（即星期一）

提要：為太和公司殷詠棠曉軍

會社記事

（氣候）姓

（溫度）

佩忍來　午過海濱如約夜赴譚毅武毅公家邀飲

五女懿孫欲偕必謙之九女佩萱問學於日本攻治藥學同濟以德國語文受學（講師多德國人）如游東瀛當以日本語受學時閒之久暫將不大差且日本學醫仍需德文吾意宜留同濟學校不必東渡而學費以大事躊躇

殷仲執妹倩及孝初甥　為周亞南殷詠棠

吴稚暉將赴南京為蔣介石盡力大抵明枉議人者皆黠於處乙耶

錫卿來商議川事謂蔣介石託渠致意於我介石自言不知南京慘案誣指之主使人中有我名介石情見乎詞矣

人心貴乎光明潔淨（程頤）

一月 三 日（丁卯十二月十一日壬寅） 火曜日（即星期二）

提要

社會記事

氣候 溫度

姓

訪復生佛公獻文 經營張言如被拘事
介紹王道天德於方叔平 蔣景瑞李文卿王超凡来
夜叔覃理暘作主人餞覺生溥泉海濱汝為四友將游海外或止日
本欲涉美歐
唐德安介紹楊淑陶来見淑陶言論有條理德安来書則謂可引為
己助
蔣介石置敵不顧一意內訌美其詞先清內部實為己耳嗟夫中
國國民黨自此名存而實亡彼共產黨竊笑其計之終得售矣
於共黨夫何尤

一月四日（丁卯十二月十二日癸卯）

水曜日（即星期三）

提要

社會記事

氣候 晴

溫度

午許少榮約飯於其居，位愚園路之最西，叔乘公用汽車至海格路口下而步行，道殊遠且近梵王渡云。

晚什執

得李大哥靜江來書，述彼之沮其東來。

張學良託危道豐代表南來，道豐特致學良及奉天將領注意總理靈柩之議，又致學良贈我像片不能領受之函，專晚通知哲生及煥廷，并促煥廷提出葬事籌備會議。道豐又言學良希望和平。

巳過之苦痛轉成可喜之經驗（英諺）

一月五日（丁卯十二月十三日甲辰） 木曜日（即星期四）

提要

社會記事

（氣候）（溫度）

姓

得黎東方自巴黎來緘 吴鐵城約過其堂廬飲酒其宅之建築外
為廟宇式而内如歐式亦雅潔可觀
與錫卿計事 夜過史臨川家藉事消遣歸已晏而孫女病不安一時
頃乃寢
介石受國民政府之命復總司令職殆不信不義之尤耶是非不顧也先
後言論行動之矛盾不顧也出爾反爾不顧也惟權位是重雖然亦
姑視介石今日以後行為何如吾不欲苛責
勤山寄伯琅京春五十元為之付匯

一月六日（丁卯十二月十四日乙巳）（小寒）金曜日（即星期五）

民國十七年 國民日記

提要

劉宇來以白健生辭散當時介石所增募之軍隊且十團而已則後增募十餘團為私而不公此論當不虛然則今日之局仍屬軍事關係蕩激而成

昨夜安息不足午後煩倦

社會記事

氣候（溫度）

晴

限制自由即保護自由（赫胥黎）

提要

社會記事

（氣候）（溫度）

一月七日（丁卯十二月十五日丙午）

土曜日（即星期六）

民國十七年國民日記

一月八日（丁卯十二月十六日丁未）　日曜日（卽星期日）

提要　夏正莊儷甥女生日滿（二十一歲）

社會記事

（氣候）｜（溫度）　雨

史蘇川張鳳九劉樗春將離滬我与可亭勃山治酒杏花樓餞之酒後則赴可亭家閑話

法律無終食之間可離者也人之文野以法律之有無爲衡（孟德斯鳩）

提要

社會記事

（氣候）雨雲

（溫度）

一月九日（丁卯十二月十七日戊申）

月曜日（即星期一）

一月十日（丁卯十二月十八日己酉）火曜日（即星期二）

民國十七年 國民日記

天下豈有不盡人情之人而可與共圖大事者哉（袁　毅）

提要

社會記事

（氣候）会

（溫度）

為四川國務事促組安協和　為伯農伯佗促詠黨

姚既白李文卿未言黨事

四部叢刊及其他書籍交福昌輪船運回四川紹清叔費一日之力至夜半乃得上載船中長途風浪又不知得無損壞否則是書也能安抵里門者已極可珍惜矣所望守是書者珍藏而精讀之

一月十一日（丁卯十二月十九日庚戌）水曜日（即星期三）

民國十七年 國民日報

兼聽則明 偏聽則暗（魏徵）

提要

寫字

社會部事

（候氣）陰

（度溫）極寒

一月十二日（丁卯十二月二十日辛亥）木曜日（即星期四）

提要：夏正懿孫生日 丙午午時

社會記事

（氣候）陰

（溫度）寒夜反暖

早起作書 午約兆芑禎洪子儀可亭子超海濱覺生煥廷飲酒

晚陳湘軒餞海濱約飲赴之

懿孫五女勤學生日不還家我念之擬致食品鍾夫人尼叔懸朱佩萱世

姪女見而感傷所慮是也遂中止

眞實爲萬事之根本一切才力最大之要素（加黎）

一月十三日（丁卯十二月二十一日壬子）　金曜日（即星期五）

提要

客至　晚粗治酒食邀飲寓洪範五福爲吾夫婦自祝

得

肇祖甫氏自南京来　聶大姐偕其夫胡志聞及胡欽虞王力農自鎮江来

氣候　陰　夜半後雨

溫度

社會記事

民國十七年國民日記

無論如何困難不可求人哀憐哀憐中已含輕蔑之意(柏拉圖)

一月十四日（丁卯十二月二十二日癸丑）　土曜日（即星期六）　晴　昨夜雨

提要　夏正今日余生日（滿五十二歲）

社會記事

氣候（溫度）

行年五十三矣是日也一喜一懼喜年半百而顏健異常舉家翁和雖
總堪夫婦在富順大女在成都而父子之樂不能以稍殺懼學之日荒
德之不茂而年不我待吾固嘗言自期百二十歲以上能踐實否不
可知也過去之五十二年究與社會人類奚益且弟妹不相見已十六
年父母皆棄子孫而逝四弟二妹適鄂又不存焉將何以圖骨肉
之親而解人類之困俾不至如已往碌碌則朝夕惕厲矣
客至　戚梅谷不敢當其禮
汝為覺生換濱出遊將浮海而東我應送之中心頗快快遂未送
叔寶至自漢口盜賊塞途不能西歸也
得香草師書

一月十五日（丁卯十二月二十三日甲寅）國曆（即星期日）

無一公民不應痛痒以爲所居之社會勉力（猛痕）

提要　大女頗廑心我之安危

社會記事

氣候　晴

溫度

昨夜睡遲今晨端丞肇祖返南京早起送之遂多倦也
大女見報紙消息而致慮我之起居函詢三女以狀其情頗急切
晤椿生受覺生之託言江南晚報需款也晤吳子垣陳箇民所以復其
所託

人務須以其國或全國爲鵠不可別有所念　（惠勒斯德）

一月十六日（丁卯十二月二十四日乙卯）　月曜日（卽星期一）

提要

社會記事

勃山叔寶梓春市民赴南京

午後中山葬事籌備會開會赴之墓園既決定將紫金山山南山北全部皆畫入範圍則種木造林頗重今日所議事之一也

夜可亭夫婦來豫祝吾妻鍾夫人不圖吾家之已故爲明晚豫祝

（氣候）侌

（溫度）

惟精勤而後有熱望有熱望而後所得者多（乞克斯列）

提要
父芙卿府君忌辰
夏正今日夫人館生日（滿五十三歲）

社會記事

府君棄小子十六周年矣而小子違府君墓道亦十六年足大不孝
吾妻館夫人生日衆以為夏正十二月二十六日也後乃知其誤蓋實為廿五日
云云 又子平家言以夫人一生境遇考之當以廿六日子時為準鄉里古無
計時之器廿五日之亥與廿六日之子其差無幾而夫人則仍喜用廿六日
矜失不娶心斯憂悲少
晚復生来遂留之飯藉祝吾妻

氣候 会 **溫度** 夜十時后雨

一月十七日（丁卯十二月二十五日丙辰）火曜日（即星期二）

一月十八日（丁卯十二月二十六日丁巳）　水曜日（即星期三）　民國十七年 國民日記

提要　得四兒成十二月廿日家順

社會記事

氣候　朝霽　晴
溫度

得德培成仍主裁退又述吾四弟婦吾五弟之困苦姪輩孫輩教養費之無着

今日客來祝吾妻鍾夫人健康夜治酒

拳有進境腰腿稍稍能運用矣

忘惰恣肆身之災也（明仁孝文皇后）

一月十九日　丁卯十二月二十七日戊午　木曜日（即星期四）

民國十七年國民日記

提要

社會記事

氣候（温度）

姓

楊秋帆自黔來上海將黔省長之命贈遵義土物數事秋帆面致不能卻之

一月二十日（丁卯十二月二十八日己未）

金曜日（即星期五）

民國十七年
國民日記

眞正大人物須去私情私慾以身獻諸世報酬則待千載之後（羅蘭夫人）

提要

示大女

㦸馮祝萬請商於廣州當事者釋吳祖桐（李玉文之弟 九石子） 李幼芸（芸先之孥 子）

錚（郃陽人從軍 爲員）在獄三子皆於去年四月清黨以嫌疑被捕

公潛來訪其意不若往者之真政治萬惡信乎

吾妻磨糯米作故鄉蒸糕俗稱珠兒粑食之頗感吾父吾 生父皆

嗜此物也

社會記事

氣候 夜雨

溫度

一九二八年

能制己者乃强（細黎加）

提要

寄劉子文陳秉璋鄧仕俊劉季讓牋

寄五弟仲琦書　示田兒

社會記事

（氣候）雨

（溫度）

一月二十一日（丁卯十二月二十九日庚申）（大寒）土曜日（即星期六）

民國十七年國民日記

上當先天下之憂而憂後天下之樂而樂（范仲淹）

提要

顧同志鄧榮忠張抱芝徐明揚自南昌逃來報告黨務朱丹父自南京來報告南京市黨務皆勸其暫忍靜觀介石等之作為但當研究本黨組織方法之應改善若本黨民衆運動方法之應改善若及吾人最近之將來應付方法蓋介石等能擧國黨是吾人當希望之並樂觀其成然察其所作為必無成功則一旦而黨之責任復歸於吾人身上將如何能使黨事蒸蒸日上固不可無預備也

高建勛來言川事　朱鐸民銳雷來代介石致餽五百金以介石無書來卻之鐸民因請受遂允暫存而認為朱氏之存金待介石書至再定辭受

社會記事

氣候（溫度）　陰

調和怨裏氣識慎喜中言閒酌醉後酒愛惜有時錢（王含鎔）

一月二十三日（戊辰正月初一日壬戌）（春節）

月曜日

即星期一

提要

陰曆元旦雖不度甚嚴仍供先代神位展拜如儀

社會記事

（氣候）（溫度）

余徹內兩刻即止

一月二十四日（戊辰正月初二日癸亥）火曜日（即星期二）

（氣候）会 （溫度）

公民當視國如家視國人如其共同胞（赫殷頓）

提要

社會記事

与錫卿談話　伯玉及倩英吾來

夜偕叔賓親家訪復生遂往聽崑曲佳處使人神怡此承平之音失之柔美若欲激厲民人發揚蹈厲之氣則嘆未能也

自是者其行專自矜者其行危自欺者其行僞以誘（明仁孝文皇后）

一月二十五日（戊辰正月初三日甲子）　水曜日（即星期三）

提要

偕劉芷芬南匯鄭里鐸武進介倍同志往見徇甄陶請也
午後偕吾妻鍾夫人五女懿孫及叔賓親家朱五姐伯農姪觀崑劇於
笑舞臺
林波次烈來

社會記事

（氣候）（溫度）

陰午後微雨

民國十七年國民日記

一月二十六日（戊辰正月初四日乙丑） 木曜日（即星期四） 民國十七年 國民日記

有過能悔者不失爲君子知過遂非者小人耳 （李邦獻）

提要

偕叔賓親家赴寶善街訪鄒若恆 歸途過彭臣川王太龍傅沐沁浩小岑皆未遇

夜觀影戲國裝楊玉環片始選民女終賜帛馬嵬驛藝術較二年前大進

社會記事

氣候（ ）溫度（ ）

姓

家庭之間——言——動當思爲父子兄弟足法（張履祥）

一月二十七日（戊辰正月初五日丙寅）　金曜日（即星期五）　民國十七年　國民日記

提要

本擬出外訪友因雨而止　可亭潄齋來

爲環龍路黨部住宅繼續租賃事晙紹安協和子民此事雖細足以覘人之爲黨眞僞也

有関心甫民之賢勸爲甫民在上海謀一微職勿任其供職南京足見甫民之不勤職

得周大賚第二次書文筆樸美惜在南京將來多談也

社會記事　政府軍破入長沙

氣候　微雨竟日

溫度　微寒

一月二十八日（戊辰正月初六日丁卯）　土曜日（即星期六）

氣候　陰　夜九時始雪

溫度　寒

君子有三惜此生不學可惜此日閒過可惜此身一敗可惜（夏正夫）

提要

牋甫氏勗以勤職　得子氏書
牋組安協和子氏中言宜續租環龍路住宅而多責人之語牋成交鄭
棠青日損去南京
訪趙炎午　楊秋帆介紹楊勝治來見　叔實親家赴南京
夜睡矣變卿之婦宋六嬢忽攜兩女来投宿而訴其夫婦勃谿今夜
因調解和好如初遂冒雪送之歸去婚姻之道難矣

社會記事

君子以合道爲朋小人以合己爲朋（呂新吾）

一月二十九日（戊辰正月初七日戊辰）

日曜日（即星期日）

民國十七年 國民日記

氣候：朝日

溫度：極寒 最高三十三度 最低二十六度四

社會記事

提要

入冬以来寒氣不甚我未著裘未圍爐足未嘗冷也今日則足冷而圍爐但不裘耳讀「新土耳其」八十頁六年来第一次夫人煮酒飲我

昨夜大雪朝霽日光照之燦爛如銀世界至可玩也日旋晦故天寒而雪積不融

一月二十日（戊辰正月初八日己巳）　月曜日（即星期一）　民國十七年 國民日記

提要

社會記事

（氣候）有日

（溫度）極寒 最高三十五度 最低廿三度二

日來謝客今日客至出見遂究無暇治事讀書僅得練拳瀏覽太極拳淺說數則

黃次九以其雲陽煤窿訟事託我言於陳抱一而維持之察其係已判決而次九家得直彼造楊姓謀賄而反之者允其電抱一但慮無效耳

約秋帆談黔政因探詢通來滇黔用兵情形

勤字所以醫惰　慎字所以醫驕（曾國藩）

提要

社會記事

（氣候）晴
（溫度）寒　最高 三八、八　最低 二五、八

過楊南生李季訥　梁芝慧自稱為海濱妻特往見之芝慧哭訴以一成付我

南生復生来訪

四川省代表大會決議請國民政府令四川將領出兵收復康藏来電囑復生錫卿與我商量應辦而不可緩之事也雖然政府於四川如何於四川將領如何四川將領之心志又如何吾有志於川邊當圖之也

一月三十一日（戊辰正月初九日庚午）　火曜日（即星期二）

民國十七年 國民日記